KB077047

물감으로 감정을 그리는 화가 김재호

<고흐의 축복>

?

<무지개 나무>

<삼색 화가>

<친구>

<문미>

<붓꽃 잎>

<물감곰>

<코뿔소>

물감으로 감정을 그리는 화가 김재호 - **누구 시리즈 24**
김재호 지음

초판1쇄 발행 2023년 11월 1일

지은이   김재호
펴낸이   방귀희
펴낸곳   도서출판 솟대
등 록   1991년 4월 29일
주 소   서울시 금천구 서부샛길 606, 대성지식산업센터 b동 2506-2호
전 화   02)861-8848
팩 스   02)861-8849
홈주소   www.emiji.net
이메일   klah1990@daum.net

값 12,000원

ISBN 978-89-85863-94-0 03810

주최 사 한국장애예술인협회

후원 문화체육관광부   한국장애인문화예술원
Korea Disability Arts & Culture Center

24
누구 시리즈

물감으로 감정을 그리는
화가 김재호

김재호 지음

그림을 절망하고 갈망하다 그러면서 살아 내다

도서출판
솟대

오늘을 살아 내려고 몸부림치다

나는 하루 대부분의 시간을 작업에 몰두한다. 내내 붙박인 듯 캔버스 앞에 앉아 그림에 집중하노라면 손과 발이 제각각 움직이다가 이내 굳어 버리기도 해서 힘들고 고통스럽지만 그만큼 작업 과정과 결과에 대한 성취감도 크다. 화가로 살 수 있다는 큰 선물을 받은 것 같아 기쁘다.

나의 이야기가 함께 활동하고 있는 모든 장애예술인들과 서로 어깨를 기대고 힘을 나누는 일이면 좋겠다.

예술가란 태생이 외로움을 안고 사는 직업이라지만 살아갈 이유를 깨닫게 하는 직업이기도 해서 기쁨과 환희가 공존한다. 다른 일도 그러할 테지만 서로에 대한 진실한 응원과 기대, 위로와 마음의 연대가 힘이 되는 일이다. 아직은 외롭고 고독하지만 장애인예술이란 새롭고 다른 예술이 환영받고 중흥하리라 믿는다. 그날, 그때를 위해서 나를 비롯한 장애예술인 모두가 서로를 응원하고 우리를 격려하는 일에 즐겁게 열심이길 바란다.

　그런데 예술가로 산다는 것은 자신의 철학과 세계를 담는 창작에만 집중할 수는 없는 것이어서 생계, 생존의 과제도 해결해야 한다. 생계의 책임에도 답해야 한다. 때문에 장애예술인은 물론이고 비장애예술인도 모두 현실이 어렵고, 그럼에도 불구하고 현실과 겨루고 살아 내는 것이다.

　나도 오늘을 살아 내려 또 몸부림칠 것이다. 창작의 고통으로 힘들 것이고, 무엇을 먹을까, 무엇을 입을까에 대한 고민에도 묶일 테지만 지금까지 살아온 것처럼 견디고 피하지 않을 생각이다.

2023년 무더위 어느 날
물감화가 김재호

차례

?

별이 빛나는 밤, 고흐를 생각한다

...

　지독한 외로움과 고독, 고립감의 고통에 몸부림쳤던 화가가 있었다. 그는 자신의 모든 경험과 지식을 통해서 자기를 찾는 일에 집중했고, 그럴수록 괴로움과 고통의 방황은 깊어지기만 했다. 그는 어둡고 긴 터널, 끝을 짐작할 수 없고, 한가닥 빛조차 없는 곳을 하염없이 걷는 것 같은 두려움과 공포에 압도되어 매일 절망하고, 좌절했고, 방황했다. 현실에 대한 답답함, 울분 등은 차곡차곡 마음속에 쌓을 수밖에 없었으리라. 도대체 탈출구를 찾을 수 없는 암흑 속에서 그는 폭주하듯 그 빛을 쫓았다.

　그렇게, 작가는 사람들에게 배척당하며 외롭고 고독했지만 그것과 타협하지 않으며 고독과 외로움이 빚은 우울과 울분을 폭발적으로 분출했다.

　빈센트 반 고흐(Vincent Willem van Gogh, 1853~1890), 그는 19세기 표현주의 화가이다. 고흐는 심연의 어둠과 침묵 속에서 철저하게 고독과 고립감을 대면했고, 그것에 몰입하는 것으로 무수한 명작을 탄생시켰다.

사망하기 1년 전인 1899년에 완성된 작품 〈별 헤는 밤(The Starry Night)〉은 〈자화상〉, 〈해바라기〉와 더불어 그의 작품 세계를 명료하게 보여 주는데, 선명하고 강렬한 색채와 뚜렷한 윤곽으로 대상을 표현했다. 거칠고 강한 붓칠로 대상의 투박하고 거친 질감을 드러내는 방식은 그의 고통을 온전하게 전달하고 있다.

나는 기왕에 그의 작품을 통해서 알 수 있는 삶의 우울과 존재의 불확실성에 맞서는 처절한 몸부림과 고통을 알고 있다. 그래서 그가 고민과 좌절의 크기와 깊이만큼 그림에 몰두했던 정열을 존경한다. 그리고 그의 그림을 사랑한다. 스스로 자신을 태워 산화한 후에야 비로소 세상에 나온 그의 작품에서 색이 강렬할수록 더욱더 깊은 슬픔이 느껴지는 것은 그의 삶의 궤적에서 비롯된 것이리라.

작품 〈별 헤는 밤〉의 별빛이 무연하게 보이지 않는 까닭은 별빛에 담은 그의 절절한 감정과 고뇌가 그대로 느껴지기 때문이다. 빛나는 그림을 그린다는 것이 이러한 생의 고통을 현현하는 일이라면 나 또한 그림을 그려야 할 충분한 이유가 있다. 세상의 온갖 어둠과 눈물을 체험한 비통함, 스스로에게 존재의 이유를 묻고 세상에 혼자인 듯 느꼈던 고립의 경험은 내게도 있었다.

그러니까 고등학생이 된 즈음, 열여덟 살 때였을 것이다. 빈센트 반 고흐와 그의 작품 세계를 소개하는 책을 한 권 샀다. 정말 열심히 돈을 모아서 샀던 책(「VAN GOGH 위대한 미술가의 얼굴」, 파스

<고흐의 축복> 2014

칼 보나푸, 정진국 외 역, 열화당, 1990)을 얼마나 여러 번 읽고, 또 보았는지 나중에는 겉장이 해져서 달래듯 넘겨 가며 봤더랬다. 태어나서 처음 마음을 움직인 그림을 본 이후 작가에 대해서 알고 싶은 갈급한 마음이 가득했기 때문이다.

　내가 처음 고흐의 그림을 본 곳은 학교 도서관 로비에서였다. 〈해바라기〉였다. 큼지막한 꽃이 얼굴을 크게 들고 날 보고 웃는 것 같은데 아름답다는 생각보다 뭔가 설움을 삼키고 있는 듯했다. 주홍빛으로 보일 만큼 샛노란 빛은 하늘 가득 해를 바라는 꽃의 얼굴이라기보다 하늘 가득한 눈물을 안으로, 안으로 품어 내려는 울분으로 느껴졌고, 그 날것의 감정이 너무나 강렬해서 당장에 작가가 누구인지 궁금해졌다. 그리고 그에 대한 간략한 정보를 알게 된 이후 용돈을 모아서 고흐와 그의 작품세계를 알려 준 책을 한 권 샀다. 고흐의 출생에서부터 그가 집중적으로 작품에 몰두했던 10년의 시간을 자세하게 이야기해 준 파스칼 보나푸의 설명은 책으로나마 고흐의 "불같은 인생"을 실감나게 경험할 수 있게 해 주었다.

　　"그러니 테오야, 너도 네 능력이 허락하는 한 일을 계속하기 바란다. 나 역시 내가 할 수 있는 일을 힘껏 하겠다." 1882년 초에 빈센트는 이처럼 의욕에 넘치는 글을 테오에게 보낸다. 그 뒤로 팔 년간 이 두 형제는 어느 한 편도 이 약속을 어기지 않고 열심히 살아간다. 빈센트의 삶, 빈센트의 화가로서의 생명은 단지 이 약속만을 지키는 데 있었다."(13쪽)

고흐는 동생 테오에게 자신의 능력이 허락하는 한 최선을 다해 자기의 일을 하자고 말했다. 이는 고흐가 내게 하는 말인 것도 같다. 들끓는 울분과 갑갑함을 가까스로 억제했던 열여덟 내게 고흐가 '할 수 있는' 일을 하자면서 어깨를 토닥이는 것 같았다. 고흐는 책으로나마 설명할 수 없는, 해소하기 어려운 감정의 덩어리들을 그림으로 풀어 내자고 나를 다독였다. 그래서 나는 기꺼이 그렇게 하기로 결정했던 것 같다. 우선은 오랜 시간 나를 괴롭혔던 마음속 눈물과 억울함을 알아주기로 했다. 그때까지도 외면했던 그 감정의 본 모습을 보아야 그다음 걸음을 시작할 수 있을 것 같았기 때문이다. 그날 이후 나는 이전보다 더 열심히 그림을 그렸다.

보물이 되었던 책은 이제 내 책장에는 없지만 다른 매체를 통해서 고흐를 만날 때면, 또 유독 별이 빛나는 밤을 마주하노라면 나는 눈물과 함께 고흐를 생각한다. 그의 고독과 말할 수 없었던 존재의 고뇌와 타인에게 당한 거절의 상처와 아픔을 생각한다. 그림을 그리고 있는 내게, 고흐는 이정표이며 궁극적 지향이다.

나도 절대적으로 고독한 이들이 맞는 끊임없는 존재의 물음에 답을 구하고, 또 답을 한다. 내가 지속적으로 내게 하는 질문은 내 몸을 뚫고 뼛속까지 내려가 영혼에까지 닿아 있다. 아프고, 또 아프지만 나는 그때마다 '내 능력이 허락하는 한 최선을 다해서' 그림을 통해 답을 구하고 있다.

고흐가 활동했던 시기, 그와 어울려 예술을 이야기했던 친구들 중에는 특별한 화가가 한 명 있었다. 그는 자신만의 독창적 화법으로 프랑스 파리의 얼굴과 도시의 이야기를 그렸다. 어떤 편견 없이 보이는 대상을 사실적으로 그렸던 화가는 몽마르트르 언덕과 물랑루즈 카바레에서, 샹제리제 거리에서 드가와 고흐, 고갱 등과 어울리며 자신의 예술 세계를 고민하고 상대의 예술성을 질투했다. 그리고 각자의 예술 세계를 심화했다. 그의 이름은 '앙리 드 툴루즈 로트렉'(Henri de Toulouse-Lautrec 1864~1901)이다.

로트렉은 19세기 후반 파리의 물랑루즈를 작품의 주요 소재로 삼아 굵고 단순한 색과 선으로 대상의 움직임과 표정 등을 사실적으로 표현한 작가이다. 뇌쇄적인, 때로는 무표정한 무희(舞姬)의 발동작과 움직임 등을 빠르게 드로잉하면서 대상의 움직임을 더욱 사실적으로 표현했다. 그는 대상의 특징을 단순하고 선명하게 표현하는 창작 기법으로 1891년 물랑루즈의 가을 시즌 개막을 알리는 포스터를 그렸고, 이후 명성을 잇으며 화가로 자신의 입지를 마련한다.

사실 그가 유명한 까닭은 작품 말고도 몇 가지 이유가 있는데, 우선은 그가 프랑스 귀족 가문 출신이란 것과 저신장 장애인(키가 약 152cm 정도)이라는 점이다. 로트렉은 태어나서부터 관절이 약했고, 나이 들면서도 더디게 키가 컸고, 청소년 시기 이후에는 더 이상 키가 자라지 않았다고 한다. (그 원인에 대해서는 당시 왕족과 귀족을 중심으로 근친간 결혼이 많았고, 이후 유전적 결함이 있는 아이가 출생했다는 학계의 의견을 신뢰하고 있다. 로트렉의 부모도 사촌지간이었다.)

그의 특별한 이력은 작품 활동에도 영향을 준 듯한데 그는 귀족

출신 답지 않은 행보를 보여 주었다. 로트렉은 1884년에 몽마르트르로 작업실을 옮기면서 카페와 댄스홀이 즐비한 곳에서 다양한 계층의 사람들과 뒤섞이고, 파리의 밤문화가 만든 모든 자극을 한껏 받아들이고 즐겼다. 댄스홀 물랑루즈에 지정석을 두고 매일같이 방문하였으며 무희와 종업원을 막론하고 드나드는 사람들과 어울렸다. 그러니까 로트렉은 신분 차이와 사회적 지위의 높고 낮음을 소통과 관계의 기준으로 삼지 않았던 것이다.

그는 모든 사람을 있는 그대로 바라봄으로써 진실에 다가설 수 있다고 믿었던 것 같다. 대상의 실제 모습에 대한 철학적이고 미학적인 생각을 경계하고 특별히 이상적으로 표현하는 등의 과장을 삼갔던 그는 스스로 환상과 편견을 벗어던지며 평범한 '일상'을 사는 이들로 무희와 술집 종업원, 취한 사람들을 이해했다.

그냥 '사람'으로 바라봄으로써 생각과 마음의 균형과 평정성을 유지했던 것이다. 이는 곧 자신의 장애에 대한 이해이기도 했을 것이다. 어쩌면 자신의 신체의 '다름'에 대한 평정심을 유지하고팠던 애끓는 노력이었을지도 모르겠다. 그가 과음을 하고 잠을 제대로 자지 못했던 점, 37세의 이른 나이에 생을 마감했다는 사실은 자신의 몸에 '있는' 장애와 이를 인식한 자신, 즉 화가 로트렉의 처절한 자기 인식 투쟁기의 아픈 상처로 이해할 수 있을 것이다.

나는 그림으로 말하고

...

몇 살인지 정확하게 기억할 수 없지만 나는 어린이라 하기에도 어린 나이에 가족을 떠나와 장애인시설에서 살았다. 뇌병변장애가 있던 나는 성장 발달 과정이 비장애인과 달랐다. 돌이 지나서도 앉지 못했고, 배로 기어다니는 것조차 어려웠다. 생존을 위해서 매일을 살아 내야 했던 부모님은 나를 지켜 주기 어려웠던 것 같다. 기억도 희미하지만 아버지가 내 손을 잡고 한강에 나왔다가 혼자 집으로 돌아가신 것 같다. 나는 후에 발견되어 시립어린이병원에서 1년 정도 살다가 주몽재활원에 맡겨졌다. 서울 강동구 상일동에 있는 주몽재활원이 내가 자란 곳이다.

재활원에 들어온 이후 나는 '공평한 사랑-그래서 늘 목말랐던 것도 같지만-과 관심' 속에서 그래도 마음의 건강을 지켜 가면서 자랄 수 있었다. 엄마라 부를 수는 없었지만 늘 따뜻하게 품어 주시고 꿈을 이야기해 주셨던 두 번째 엄마, 원장님 덕분에 나는 사랑에 곯지 않았다.

형편이 어려워서 미술대학에 진학할 수는 없었어도 꿈을 포기하지 않을 수 있었다. 차별 없이, 편견 없이 있는 그대로 나를 인정해 주셨던 원장님은 성장하면서도, 어른이 되어서도 있는 모습 그대로 나를 지키고 살아갈 수 있는 힘이 되었다.

두 번째 엄마

내 눈 어디를 보아도
행복 가득한 아이 뒤에는
언제든지 뒤돌아보면 볼 수 있는 엄마가
손 내밀면 손잡아 줄 수 있는 엄마가
그런 엄마는 없어도
날 누고 간 기억 속의 엄마처럼
따뜻한 품은 없어도
생각하면 생각하면 생각나는
두 번째 엄마가 마음에 계신다
엄마를 보는 건 익숙하지만
머릿속 하얀 눈서리를 보는 건
왠지 낯설기만 하다
수많은 아이들 키워 내면서
정작 늘어 가는 건 엄마의 주름뿐
비록 엄마라고는 부르지 못하고

다른 이름으로 불러야 하는 죄송함
그것이 나의 아픔이다
그러나 모든 건 흘러가는 물
지긋지긋한 아픔도
처절한 기억도
엄마 품안에서 조용히 흘러가겠지

남몰래 간직한 화가의 꿈

...

열한 살 즈음이었던 것 같다. 힘이 없어서 벽을 짚어 가며 걸음을 옮기다가도 이내 벽에 머리를 찧던 어느 날 흐드러지게 꽃이 핀 뒷동산을 도화지에 담았다. 꼭 한 번 뒤뚱거리더라도 뛰어 보고 싶었던 뒷동산을 크레파스로 예쁘게 칠했다.

지금은 기억에만 남아 있지만 눈으로만 누릴 수 있었던 어린 시절의 봄날은 텔레비전을 보는 것처럼 현실감 없는 빛깔과 풍경이었다. 그래도 아카시아가 지천일 때는 그 달콤한 향기에 입맛 다시며 꿀벌을 생각하고, 입안에서 녹는 캐러멜맛을 상상할 수 있었다.

그때나 지금이나 자유롭게 움직일 수 없는 몸에 갇혀 있긴 마찬가지이지만 유독 어린 시절의 풍경에 대한 동경이 사무친다. 어쩌면 그 시절 허무맹랑하달 수 있는 '장애 없음'의 상상이 귀엽고 안쓰럽기 때문인지도 모르겠다.

나는 울퉁불퉁 자갈 섞인 운동장을 내달리는 뽀얀 흙먼지 속의 아이들처럼 크게 웃고 싶었고, 꼴찌를 하더라도 그들과 어울려 뛰어 보고 싶었다. 초등학교에 입학도 하기 전의 어린 시절, 나는 상상과 바람 속에서 자유로웠다. 봄빛을 좇아서 내 몸 구석구석에 새살이 돋아 비뚤어진 허리와 구부정한 다리가 한껏 곧게 뻗어나는 기적을 상상해 보고, 봄비를 맞으면서는 곱은 손가락과 비뚤어진 입술에 도톰하게 새살이 돋기를 기대했다. 내 몸에 그런 기적이 어쩌면 일어나지 않을지도 모른다고 생각했지만 그래도 나는 매번 비가 오는 날, 유난히 봄 햇살이 찬란한 날에는 바람을 놓치지 않았다.

6월이었다. 아카시아 향기에 이어 보라색과 하얀색 꽃이 어우러진 느티나무 잎사귀 향기가 꽃 색만큼 유혹적인 날이었다. 형들이 느티나무 아래 앉은 내게 느티나무 잎사귀를 돌돌 말아 꼭꼭 씹으면 몸에 있는 병이 다 낫는다고 했다. 사실은 유독 쓴맛이 강했던 느티나무 잎사귀를 물려 보려는 장난이었지만 나는 순진하게 혹해서는 형들이 두 번에 걸쳐 차곡차곡 접어 준 느티나무 잎사귀를 두려움 없이, 천천히, 시키는 대로 '꼬~~옥' 씹었다. 그순간 나는 그때까지 맛보았던 그 어떤 쓴맛보다 더 쓴맛을 체험했다. 한참을 지나도 입안 가득히 남은 쓰고 떨떠름한 맛은 머릿속까지 타고 올라오는 듯했고 물을 연거푸 마셔도 가시지 않았다. 그날 저녁조차 먹을 수 없을 만큼 쓴맛에 호되게 당했다.

미간을 찌푸리며 괴로워하던 내게 형들은 이 고비만 넘기면 된다

<무지개 나무> 2022

고 참아 보라 응원했고(사실은 골려 주려는 의도였겠지만) 나는 쓴맛을 이겨 내려 입안을 바짝 오므리면서 이 쓴맛이 가시면 두 다리로 펄쩍펄쩍 운동장을 뛰어다니고, 마음대로 뻗어 가는 가느다란 나뭇가지처럼 펄럭이던 내 두 팔도 내 의지대로 움직일 수 있을 거라고 믿었다. 그러면 나는 산으로 들로 뛰어다니며 아카시아 흰 꽃도 한 움큼 쥐어 따 보고 그 안에 진노랑빛 꿀도 똑 따서 쪽쪽 빨아먹을 거라고 다짐했다. 생각만으로도 얼마나 행복하고 즐거운지 두 눈을 좀 더 꼭 감으면 쓴맛쯤 참아 낼 수 있을 것 같았다. 하지만 마침내 입안에 쓴맛이 가신 후에도 내 몸에는 어떤 변화도 없었다. 무지개처럼, 내가 상상한 몸은 잡을 수도, 가질 수도 없었다.

돌이켜 생각하면 즐거웠던 놀이도 슬쩍 눈시울을 적신다.

시간은 보이는 아름다운 세상을 마음껏 뛰어다니고 싶었던 아이의 마음쯤 상관없이 흘렀고, 나는 여전히 산으로 들로 뛰어다니기에 목마르고, 한번도 가 보지 못한 곳을 상상할 수밖에 없는 여행에 대한 갈급함으로 괴로웠다. 그리고 그런 괴로움을 그림으로 풀어 내면서 차츰 그림을 전공하여 화가로 살고 싶다는 꿈을 키우게 됐다.

나는 그림 그리기를 좋아했고, 또 제법 잘 그렸다. 그림을 배우지는 못했지만 어린 시절 내내 즐겨 하던 일이었기 때문에 내 하루의 거의 대부분의 시간은 그림 그리는 일이었다.

난지미술창작스튜디오에서

내 몸의 장애를 정확하게 인식하기 시작한 이후로 그림을 그리는 시간은 더 많이 늘어났고, 풍경을 그리는 것에서 내 앞의 형상에 집중하는 등으로 구체화되었다. 어쩌면 눈에 보이는 풍경은(그것도 내 마음 상태에 따라서 찬란하게도, 아름답게도 보였던 풍경은 실제가 아니었는지도 모른다) 내가 나를 속이고 있는 것인지도 모른다는 생각에 내가, 내 마음이 보는 풍경에 집중했다.

끝이라고 생각할 때 다시 길을 만나고

...

중학교 3학년부터 입시 미술 공부를 했다. 데생 드로잉과 크로키 등을 연습했는데 지금처럼 그때도 힘이 부족했던 손가락이 제 마음 대로 움직이는 것을 통제하고 조절하는 것이 너무나 어려웠다. 나는 온몸의 힘을 손끝으로 끌어모으고, 연필을 쥐는 일에 집중했다.

짧게 선을 긋고 이를 연결하고, 덧칠하여 굵게 하는 방식으로 데 생을 완성해 갔다. 그림을 좋아했기 때문에 이젤 앞에 앉아 있는 시 간이 길어질수록 팔과 다리가 손가락처럼 곱고 온몸의 근육도 굳 었지만 그쯤은 참을 수 있었다.

하지만 이겨 낼 수 없는 것은 더 이상 미술대학 진학을 위한 입시 공부를 할 수 없다는 현실이었다.

재활원은 내게만 입시 교육을 허락할 수는 없었다. 한정된 예산으 로 살림을 꾸려 가야 하는 곳에서 내게만 지원을 허락해 달라고 요 청할 수도, 그렇게 해 달라고 조를 수도 없는 것이 내 현실이었다. 나는 투정해서도, 불만을 가져서도 안 됐다.

나는 누가 가르쳐 주지 않았는데도 그림을 그리고, 혼자서 입체감과 색채감을 터득해 가던 그 시간과 노력을 사랑했다. 내게 천재적인 재능이 있어서가 아니라 어린 시절을 가득 채운, 크레파스와 색연필로만 표현할 수 있었던 그 시간이 소중했기 때문이다.

나는 도화지에 달리고 싶던 초원을, 날고 싶었던 하늘을 상상하고 자유롭게 표현했다. 그리는 일은 힘 조절이 안 되어 쉽게 강직되어 버리는 몸을 이겨 내야 하는 어려움도 컸지만 의심할 수 없이 큰 기쁨이었다.

어린 시절의 나는 내 그림을 보면서 칭찬하던 사람들 덕분에 내 존재의 가치를 생각할 수 있었고, 청소년이 되면서 스스로 나를 인정하고 사랑할 수 있었다. 그러나 나는 좋아하는 그림을, 내 존재도 가치 있고 귀하다고 생각하게 이끌던 그림을 전공으로 공부할 수는 없었다. 형편이 어려워 공부할 수 없다는 현실은 열여덟 내게는 너무나 가혹했다.

그저 현실을 받아들이는 것밖에 할 수 없었던 나는 절대 포기하거나 절망하지 않기로 나를 달래고 또 달랬다. 그때까지 그래 왔던 것처럼 늘 어떤 선택으로부터 배제되었던 나의 현실에 불만을 갖지 않기로 했다. 그럴수록 내 처지와 형편이 더 비극적으로 생각되어서 나를 해칠 수 있었기 때문에 나를 지키기로 했다. 나를 해치는 일은 하지 않기로 했더랬다. 그렇게 나는 열여덟, 꿈과 현실의 간극을 인식하고 인정하면서 내 의지와 나의 현실의 갈등을 봉합하기로 했다.

그런데 포기하고 나니 비로소 빛이 비추는 일이 생겼다. 생활교사 선생님이 평소 내 그림을 좋아하고, 또 많이 칭찬해 주시기도 했는데, 진로를 포기하고 그림 그리는 일도 갈팡질팡하는 내 모습을 안타까워하시며 조용히 백방으로 선생님을 알아보신 것 같다. 어느 날 내게 '화사랑'이란 미술 단체에서 그림을 지도하는 '김정현 선생님'을 만날 수 있게 해 주셨다.

　김정현 선생님은 내 그림을 보시고 역량이 많은 친구라며 칭찬 선물을 주셨다. 많은 말씀은 하지 않으셨지만, 내가 그림을 얼마나 좋아하고, 또 그리고 싶은지 등을 알고 싶어 하셨다. 그리고 현실적인 문제에 대해서도 알려 주셨다. 당장 입시를 준비하기에는 시간이 너무 부족했고, 속성으로 입시 준비를 한다고 해도 내가 정말 하고 싶은 공부를, 입학하고 싶은 대학에서 할 수 있을지를 고민했다. 선생님과 긴 시간 이야기를 나누면서 당장에 미술대학에 입학하지 못한다 해도 평생 그림을 그리겠다는, 그리고 싶다는 내 마음을 확인할 수 있었다. 그리고 자연스럽게 평생 그림을 그리며 살겠노라 결심했다.

　나는 대구에 있는 미술대학 입학을 포기하고 새로 생긴 장애인과 비장애인이 공부할 수 있는 대학인 한국재활복지대학교 애니메이션학과에 첫 번째로 입학했다. 공부하는 동안 어려움도 많았지만 좋아하는 그림과도 연관된 공부였고, 무엇보다 졸업 후 취업에도 도움이 될 것 같았기 때문이다. 이제 학교를 졸업하면 나는 재활원을 나와 자립해야 했다. 그동안 보살펴 주신 원장님과 선생님께도

보답해야 했다. 스스로 생활할 수 있을 만큼 월급을 받는 회사에 취직해서 매달 월급을 받아 저축도 하고, 재활원 동생들에게도 선물할 수 있는 형편이 되면 좋겠다고 생각했다. 그리고 그림도 계속 그릴 수 있다면 좋겠다는 소망도 포기하지 않았다.

나는 재활원 동생들에게 좋은 본보기가 되고 또, 건강한 사회구성원이 되고 싶었다.

높고 견고한 현실의 장벽

...

졸업 후 몇 군데 크고 작은 애니메이션 제작회사의 문을 두드렸다. 정말 열심히 두드렸다. 그러나 그때마다 돌아오는 결과는 '불합격'. 어떤 회사에서는 능력이 부족해 아쉬운 불합격이 아니라 사실상 내 장애 때문에 부득이 '입사 거절'을 할 수밖에 없다고 했는데 그 말이 더 아팠다.

나의 회사 입사가 그들에게 끼칠 불편함(?)을 모르는 바는 아니다. 어눌한 말 때문에 한참을, 특별히 정성을 기울여야 알 수 있는 말의 의미를 해석하는데 드는 시간과 노력을 감수하라 요구할 수 없다는 것도 잘 안다.

하지만 그들이 남자를 선택하거나 여자를 선택할 수 없었던 것처럼 내 몸의 장애가 나의 선택이 아닌 것을 알아주기를 바라기는 했다. 내 몸의 장애가 그닥 내놓고 자랑할 만한 것은 아니지만 감출 수도, 부정할 수도 없는 것이기에 그들의 배려를 간절하게 바랐던 것 같다.

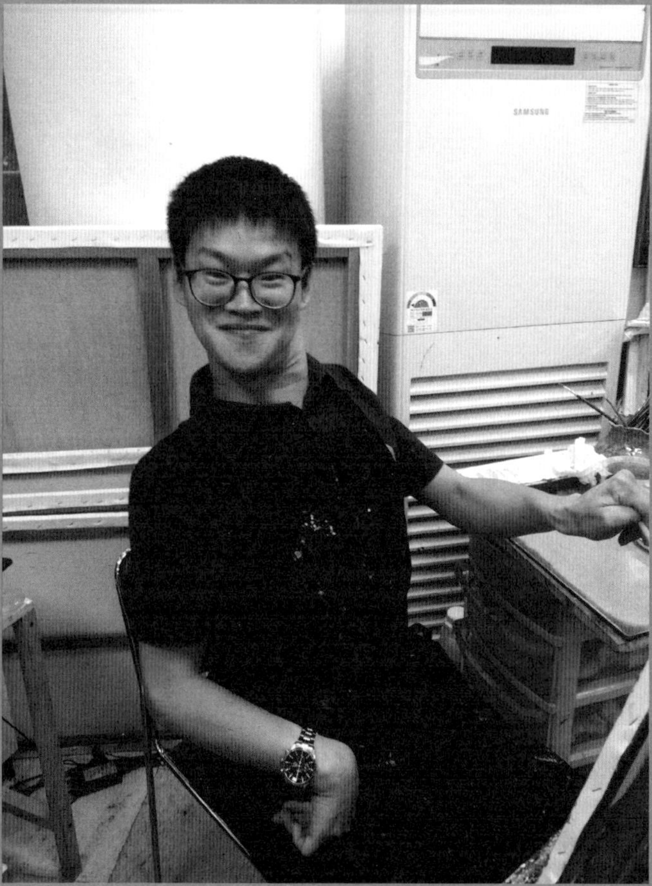

그러나 보기 좋게 거절당했다. 나는 그런 현실이 마땅하다고 생각했는지 그들에 대한 원망보다는 나에 대한 실망을 키우는 것으로 당시의 감당하기 어려운 좌절과 절망을 끌어안은 것 같다. 그리고 도대체 쓸모라고는 하나 없는 인간이 된 것 같아서 매일이 고통이었다. '내가 이것밖에 안 되나?' 하는 생각은 끊임없이 나를 질책하게 만들었고 점점 더 깊이 마음에 상처를 내는 것으로 이어졌다.

당장 자립해야 한다는 현실은 나를 더 조급하게 만들었고, 매번 거절당하는 입사지원서는 나를 벼랑 끝 절망의 늪으로 내몰았다. 나는 그림으로 생각하고 말하는 화가가 못 된다면 그림으로 밥은 먹고살기를 희망했지만 그조차 길이 보이지 않았다. 세상으로 나가기 위한 출구는 모두 닫혀 버렸다. '나는 끝났다, 부모에게 버려지고, 또 한 번 세상으로부터 버려지며 존재를 부정당했다.'는 생각은 나의 하루를, 시간을 갉아먹었다.

그림은 잔인했다. 화가로도, 그림을 그리는 직업인으로도, 아무것도 허락하지 않았던 그것은 그러한 현실에서도 나를 놓아 주지 않았다. 괴로워서 펜을 잡았고, 고통 속에서 칠을 덧입혔다. 아무것에도 쓸모없는데 그리기를 멈추게 하지 않았고, 끊임없이 내 그림에 몰입하게 했다. 그럴수록 행복했고, 그만큼 괴로웠다.

소중한 <화사랑> 작가님들과 함께

끝에서 다시 시작한 그림 사랑, 화(畵)사랑

...

그즈음, 고등학교 때 만난 김정현 선생님의 도움으로 1999년부터 '화사랑'이란 단체에서 그림을 그릴 수 있게 됐다. 그림을 좋아하는 아마추어 화가들이 모여서 그림도 그리고, 서로의 그림에 대한 조언도 해 주는 모임이었는데 회원들 그림에는 각각 작가의 개성이 담겨 있었다. 유쾌하고 밝은 색감의 그림은 항상 즐겁게 웃고 말하는 작가의 웃음을 닮았고, 다소 몽환적인 분위기의 그림은 무엇인가 특별한 이야기를 가지고 있을 것 같은 작가의 눈빛을 뿜어내고 있었다.

나는 그동안 다른 작가들의 그림을 본 기회도 적었고, 내가 그리고 있는 것에만 집중했었기 때문에 다른 이들의 그림을 보고 읽는 좋은 기회에 그저 한없이 감사했다. 구성원들의 마음도 따뜻했고, 말도 마음처럼 넉넉하고 따뜻해서 당장의 어려움과 고통쯤 그림을 그리는 시간만큼은 잊을 수 있어서 좋았다.

무엇보다 화사랑에서 활동하며 얻은 가장 큰 기쁨과 감사는 김정현 선생님과 계속 만나고, 그림을 할 수 있는 현실이었다. 고등학교 때 처음 만난 선생님은 나와 내 그림을 관심 있게 살펴보셨다.

그러던 어느 날, 집중해서 드로잉하는 내 모습을 한참 보시더니, 선이 투박하지만 힘이 있는 것이 좋다 하시면서도 굵고 거칠면서도 섬세한 드로잉이 필요하다고 수차례 강조하셨다. 대상의 섬세한 부분까지 표현할 수 있어야 하고, 그 대상을 바라보는 나의 감정과 생각까지 담아내고, 표현할 수 있어야 비로소 작품이 되는 거라셨다.

작업에 몰입하는 정도가 훌륭하다고 칭찬하셨지만, 현재보다 더 집중하기를 요청하셨다. 그리고 무엇보다 그림에 나의 생각이 담겨 있어야 한다는 것을 강조하셨다. 섬세하고, 강렬하게 대상의 특징을 찾아내고, 그것에 대한 작가의 의식이 담겨 있어야 작품이라는 말씀을 수차례 하셨다.

나는 매주 세 번씩 화사랑 모임에서 작업하는 일이 큰 즐거움이 되었고, 동료들의 그림과 견주며 내 작품의 부족한 점을 고민했다. 어떤 때는 소재부터 고갈되어 몸부림치는 나와 달리 동료들은 차분하고 진지하게 작품에 몰입하는 모습을 보면서 남몰래 괴롭기도 했다. 어쩌면 부족한 재능이 원인인가 싶어서 혼자서 두려웠던 적도 많았다. 재능이 부족하다면 노력으로 이겨 내면 될 거라 믿었기에 나는 정말 열심히 매일 그리고, 또 그렸다.

그런데 노력마저도 소용없는 문제라면, 당시 무엇을 그리고, 어떻게 그려야 하는가에 대한 고민은 그대로 좌절이고 절망일 수밖에 없었다. 동료들은 책상 위 화병에 꽂힌 한 송이 꽃부터 아이들이 자전거를 타고 달리는 창밖 풍경까지 내가 만나고 지나쳤던 수많은 모습을 담아내고 있었다.

흥미로운 것은 그 거리와 사람들의 표정이 저마다 다르다는 것이었다. 내가 걷던 길과 만났던 사람은 동료 회원들의 그림 속에서 너무나 환하고 밝은 얼굴을 선물 받아 빛나고 있었다. 그때, 내가 본 세상이, 내 작품 속에서만 존재하는 것이 아닐 뿐더러 같은 얼굴이 아니란 것도 새삼 깨달았다. 어쩌면 당연한 것이었지만 그때까지 나는 내 눈과 감정만이 온전한 것이라 믿고 있었던 것 같다. 아니, 그렇지 않다는 것을 모르지 않으면서도 그렇게 밀어부쳤던 것 같다. 참 어처구니없는 일이지만 언제부턴가 나는 내 마음의 감정에 잡아 먹히고 말아서 대상을 보는 '눈'을 잃어버린 것 같았다.

나는 재활원에 있을 때부터 그림 그리는 것이 매우 즐거웠다. 정말 오랜 시간 온 정신을 집중해서 그리느라고 몸이 굳기도 하고 손과 발이 제멋대로 뒤틀리며 제각각 따로 움직이기도 했었다. 그런 날일수록 무엇인가 한 것 같아서 뿌듯하기도 했고, 미래에 꼭 필요하고 독창적인 세계를 보여 주는 작가로 우뚝 서리라 다짐을 다졌다. 나의 이 시간이 모아지면 내가 그토록 사랑하는 고흐처럼 작품을 감상하는 모두에게 별을 던져 줄 수 있으리라 믿었다. 그리하여 나처럼 각자의 별을 간직하고 키울 수 있으리라 믿고, 또 도와주고 싶었다.

경제적 형편 때문에 그림을 전공할 수 없었어도, 그림으로 밥을 먹고살 수 없어도 나는 그림을 붙들었다.

무엇 때문이라고 명확하게 이유를 말하기는 어려웠지만 그림은 나를 말하는 방법이었다. 내가 생각하는 유일한 방식이었다.

나는 마음속에 설명하기 어려운 억울함과 설움을 그림으로 말했고, 말로 하면 달아나 버릴까 두려웠던 내 꿈과 희망을 그림에 담았다. 그리하여 꿈과 희망이 사라지게도, 잊혀지게도 아니 하고 싶었다. 최선을 다해 지키고 싶었다.

그림을 절망하고 갈망하다

...

재활원에 있었던 15년, 그림을 전문적으로 배운 지 5년 동안 나는 보이는 모든 것을 도화지와 캔버스에 담았다. 어떨 때 그림은 내게 행복을 약속하는 마법의 주문과도 같았고, 은밀한 증표이기도 했다. 나는 그렇게 그림으로 말하고, 생각하는 것이 편했다. 즐거웠다. 내게서 그림을 떼어 낼 수 없있기에 나는 무작정 내달리는 것으로, 꼭 붙들고 놓지 않으면서 깊이 공부할 수 없어도, 그림으로 생계를 꾸리는 일이 어려워졌어도, 그럼에도 불구하고 화가의 길이 내 운명이라 생각하고 열심히 욕망하고 꿈꿨다. 그러다 보니 자주, 깊이 늪에 빠졌던 것 같다. 더 이상 그릴 것이 없다거나, 무엇을 그려야 하는지 알지 못하겠다거나 심지어 어떻게 그려야 할지도 모르겠는 늪 속에서 충분히 방황했더랬다.

그때마다 앞은 캄캄한데도 그림에 대한 갈망은 커져 가는 것을 알 수 있었다. 가시지 않은 목마름과 채워지지 않는 허기처럼 그림은 나를 끊임없는 갈급함 속으로 밀어넣었다. 그림의 소재를 찾지 못한 채 다른 동료 회원들의 그림을 보면서 느꼈던 질투심은 나를 더 깊은 괴로움 속으로 빠져들게 했고, 표정과 감정을 숨기려는 몸부림은 갈수록 힘들어지기만 했다.

그림은 그렇게 나를 괴롭혔다. 이전에는 그림으로 숨 쉴 수 있다고 생각했다. 그림이 있어서 숨 쉴 수 있다고 믿었다. 가족에게 버려졌다는 생각이 선뜻선뜻 찾아들 때마다 그림은 나를 위로했고, 마음이 다칠 때마다 마음처럼 마냥 슬펐던 풍경을 화폭에 담아내는 것으로 내 마음을 알아줬다.

그런데 화사랑에서 회원들과 함께 그리고, 이야기를 나누면서부터 내 그림은 내 마음을 못 본 척했다. 작정하고 알아주지 않으려는 것처럼 내 마음이 그대로 화폭에 옮겨지지 못하게 했다. 내 마음을 그대로 담아내지 못하게 했다. 아무리 노력해도 이전과 같은 그림이 또 보일 뿐이고, 똑같은 얼굴로 똑같은 표정으로 앉아 있었다.

나는 이 혼돈을 절대 들키고 싶지 않았기 때문에 감추고 또 감췄다. 아무렇지 않은 척 멀고 먼 화실을 오갔다. 의미 없는 몇 번의 수정과 덧칠을 반복하고 돌아서기를 수차례 지속하면서도 늪에 빠진 것 같은 상황을 터놓을 수 없었다. 그저 불안과 답답함 속에 침잠하면서 내 감정과 생각에 집중하며 다시 붓을 들 수 있는 날을 기다렸다.

내 생각과 감정에 집중하면서 나는 감정이 생겨나는 곳을 더듬기 시작했다. 도대체 내 감정이 생겨나는 곳이 어디이며, 왜 이런 감정이 솟고, 또 고이는 것인지 이해하고 싶었다. 그러다 보니 내 시선과 감정이 전부라 믿었던 내 사고의 한계를 인정할 수밖에 없게 됐다. 나는 그림을 그리면서 대상의 고유성을 생각하고, 그것의 생각과 감정을 주변 것들과의 연계 속에서 해석해 내려 했던 것이 아니라 내 감정과 생각에 빠져서 대상을 급히 인식해 버린 것이다.

내가 슬프면, 억울하면, 그리하여 한없이 내가 작게 생각되고, 보잘것없다 생각하게 되면 그 감정이 보이는 대상에 그대로 투사되었다. 그래서 대상은 고유의 생명력을 잃고 과도하게 나의 감정과 생각을 짊어지느라 대부분 같은 얼굴을 하고 있었다. 소재가 고갈되어 괴로웠던 것도, 거의 매번 같은 얼굴을 한 작품을 맞닥트리기 두려웠던 것도 결국은 내 감정과 생각에만 빠져 있었기 때문이다. 나무도, 산도, 곁을 흐르는 냇가도 모두 내 감정을 담아내기 힘들어했다. 매번 창작이 버거웠음을 이제야 알 수 있을 것 같았다.

나는 보이는 대상의 각각의 존재의 이유를 이해하지 못하고 오직 그것이 드러내는 생명력 넘치는 모습에만 집중했던 것 같다. 그림은 버려진 나를 보살피는 보호자였고 나를 위로하는 절대적 존재였기에 나는 그것 고유의 목소리를 듣지 못했고, 마음을 알지 못했다.

그래서 보이는 모든 것이 같을 수밖에 없었던 것이고, 그러니 더 이상 그릴 것이 없었던 것이다. 그림에 대한 열정이라 믿으며 혼신의 노력을 다했던 땀과 시간이 사실은 스스로를 기만한 일이었음을 알았을 때, 나는 오히려 기뻤다. 그림은 분풀이 수단이 아니었고, 나의 분노와 고집의 그럴듯한 명분이 아니었다. 내 안에서 끓어오르던 고민이 비로소 실타래 풀리듯 제 목소리를 내며 자리를 찾아가게 되었을 때 다시 그림을 그릴 수 있을 것 같았다.

내 안에서 일어났던 전쟁이 끝나갈 때 나는 그때까지의 작업을 부끄러워하지 않기로 했다. 미숙하고 안타깝지만 보듬고 이해하기로 했다. 어쩌면 그림에 대한 부족하고 자의적인 만족감을 물리치고 이제쯤 다시 태어날 수 있다는 기회를 얻은 것에 기쁘기로 했다.

그리고 나니 비로소 그림을 '그린다'는 일에 어렵게 설 수 있게 된 것 같았다. 이전보다 창작의 고통은 같으나 조금은 자유로워진 그리기는 마음만큼의 속도는 아니었지만 더디게 회복되고 있었다. 그러면서 작업의 과정이 이전과는 조금 달라졌는데, 더 오래 준비하고 생각하는 시간이 길어졌다. 거듭 내 작품을 확인하고 혹시나 내 감정이 그대로 쏟아지고 있는 것은 아닌지 스스로 검열을 시작했다. 그렇게 다시 그리기 시작했다. 한없이 그림이 조심스럽던 몇 년, 나는 2005년 대한민국장애인미술대전에서 특선하며 드디어 꿈꾸던 화가의 길을 걸을 수 있게 됐다. 긴 시간 소원하던 등단을 할 수 있게 된 것이다.

나를 들여다보는 작업, 자화상

...

2009년 7월 1일, 나의 첫 개인전이 시작된 날이다. 서울장애인미술 창작스튜디오갤러리에서 7일간 열렸던 개인전은 제법 긴 시간 작업에 집중해 왔던 내 지난 시간의 첫 번째 결산이었다. 그동안 작업했던 작품 중 무엇을 전시에 내어놓을 것인가 고민도 많았고, 선택도 어려웠다. 화사랑 회원들과 함께 작업하며 보낸 지난 10년 가까운 시간이 첫 개인전 작품에 오롯이 담겨 있다고 생각하니 작품 선정은 더 어려워지기만 했다. 나는 세상에 '화가 김재호'를 알리는 첫 소개를 소박하나 묵직하게 하고 싶었던 것 같다. 어쩌면 조금은 특별하달 수 있는 나의 삶과 뇌병변장애인이란 내 몸의 '이야기'를 솔직하게 들려주고 싶었다.

나의 첫 개인전 작품은 대개가 정말 치열하지 않으면 살아 낼 수 없었던 시간을 견뎌 가면서 했던 다짐과 그렇게 살아 내며 경험한 감정과 생각의 정화를 담아낸 것들이었다. 다시 생각해도 내 인생에

<친구> 2009

<고향> 2009

선물과도 같은 작품들이었는데 환하고 밝은 흰 벽에 내 삶의 이야기가 하나둘 걸릴 때마다 뭉클함이 솟았다.

어린 시절 함께 재잘대던 친구들, 나의 이야기를 귀담아 들어주고 서로의 걸음을 살펴 주었던 친구들과 나는 이다음에 커서 어른이 되면 지금보다 나은 세상을 만나 각자의 길에서 최선을 다해 살아 보자고 약속했더랬다. 어른이 되면 가고 싶은 곳도 다 가 보고, 해 보고 싶은 것도 다 해 보자던 친구들은 나처럼 어른이 되어서도 그 '마음대로' 해 보자는 계획들을 모두 실행에 옮기지는 못했다. 하지만 자신의 일에 책임을 다하는 든든한 어른이 되었다. 각자의 장애를 견주는 것이 큰 의미가 없지만 우리는 어려서부터도 서로의 장애에 대해서 안타까워하지 않았다. 당연히 자신과는 좀 다른 상대의 장애를 놀리지도 않았다. 그리고 서로를 보면서 '할 수 없다'고 말하지 않았다. 친구들은 지금 재활작업장에서, 장애인인권센터에서 일하고 있는데 각자의 몫을 충실하게, 멋지게 해내고 있다. 친구들을 생각할 때마다 든든한 집 안에 있는 듯 편안하고 어깨에 힘이 솟는다. 그림을 그릴 때도 그랬지만 그림을 볼 때마다 친구들의 천진한 웃음과 '세상 모르는' 자신감 있는 표정이 귀엽다.

함께 서로의 곁을 지켜 준 사람들과 함께했던 일은 모르는 먼 곳으로의 나들이 약속 만큼 잦았던 고향을 그리워하는 일이었다. 특별히 명절이 가까워지면 더 그랬던 것 같고, 성탄절이나 한 해가 끝날 즈음에는 더더욱 고향이 그리웠다. 나는 아주 어릴 적에 떠나온 고향이었지만 참 열심히도 고향을 기억하려고 애썼다.

어쩌면 내 고향은 그림과 다를 수 있다. 조용하고 침착하게 흐르는 시냇가가 없을지도 모른다. 떠나오는 날, 내 마음처럼 침착하고 고요했기에 물은 그렇게 흘렀고, 아련하게 비추는 햇살은 슬프게도 환했을지 모른다. 내가 그렇게 믿고 싶었기 때문에. 그렇다고 해도 내 고향은 언제나 늘 아름다운 곳이다. 나의 탄생도 그만큼 축복받을 일이었고, 그날 햇살도, 바람도 고요하고 귀했을 것이다, 분명히.

나는 작품 〈고향〉을 그리면서도, 또 완성하고서도 따뜻하고 아름다운 고향을 생각한다. 꼭 다시 찾아가지 못한다고 해도 내 마음속에서 고향은 늘 아름다운 것만을 품어 낸, 따뜻함으로 상처와 아픔을 품어 주는 그런 곳이다.

이어지는 2회, 3회 개인전에 전시된 작품은 주로 자화상이었다. 첫 개인전부터 3회까지 전시회에 소개된 작품은 '나'를 들여다보는 그간의 작업들이었다. 자유롭게 무엇이든 그릴 수 있다고 자신했던 시간을 보내고, 본격적으로 그림 공부를 시작하던 무렵 나는 소재의 고갈과 함께 '무엇을 그릴 것인가?' 질문과 맞닥뜨렸었다. 나는 '다시' 보이는 모든 것을 관찰하기 시작했다. 대상에 내 감정을 덮어 버리지 않도록 경계했다. 대상에서 내 감정을 만나는 것이 아니라, 대상의 감정과 생각을 읽어 내려고 했다. 그리고 한참의 관찰 이후에는 이들의 표정과 얼굴을 모으고 헤쳐서 하나의 의미로 만들어 갔다. 비로소 존재로 탄생한 것들은 자신의 존재의 의미를 확인한 듯했다.

<삼색 화가> 2011

<선과 악> 2011

2010 자화상

차마 눈을 뜨지 못했어요
눈이 작아서가 아니고
눈이 잘 안 보여서도 아닙니다
두려움이 컸다고 할 수 없었지요

못난 얼굴, 더 찡그려
눈코입 제멋대로가 아니고
드러나 보여서도 아닙니다
못생겼다고 할 수 없었지요

깊게 새겨진 선은
화난 것도 아니고
찌푸린 것도 아닙니다
다만 웃는 얼굴일 뿐이지요

세상을 바라보는 마음으로 보겠어요
눈을 뜨지 못한다 할지라도
얼굴은 찡그리고 못생겼어도
철이 든 어른이라고 할 수 없었지요

탄생, 다시 나를 만나다

...

거울 앞에서 한참 동안 내 얼굴을 바라보았다. 두 눈동자는 맑았다. 게다가 힘까지 느껴져서 내게 타협하거나 쉽게 포기할 수 없는 의지 같은 것이 읽혔다. 다소 고집스러워 보이기까지 하는 눈에는 뜻밖에도 웃음이 앉아 있는 것 같아서 조금 놀라기도 했다. 그다지 즐겁고 기쁠 일도 없었던 내게 웃음이 있었다는 것이 낯설기도 했고, 그래도 고맙고 감사하다고 생각했다. 이후로도 한참 동안 내 눈동자에 집중했다. 무슨 생각을 하고 있는지, 어떤 마음인지 마음으로 묻고 또 물었다. 표출되는 감정의 근원을 알고 싶었기에 나를 들여다보고, 또 들여다보며 묻고, 또 물었다. 한참을 바라보다 눈길을 아래로 돌렸다. 다소 기울어진 코, 언제든 제자리서 뛰쳐나가려는 입과 눈썹과 눈 밑 얇은 근육의 준비운동쯤 되는 작은 경련이 존재를 뽐내고 있었다.

기왕에 '나는 누구인가?'라는 질문의 시작은 내 얼굴을 정면으로 바라보는 것으로 실천되었다. 거울 속에 나를 한참 바라보노라니 이제 막 세상에 나와 무궁한 호기심과 질문 속에 부푼 내가 보였다. 그 모습이 너무나 순진하고 순수해서 위태로워 보이기까지 했다. 이는 흡사 다른 동물들의 표정과도 닮아 있었는데 내가 만난 코끼리, 강아지와 소, 사자와 호랑이, 돼지와 코뿔소까지도 같은 표정을 가지고 있었다. 모든 생명은 세상에 나오기까지 온 우주의 기운과 신비로 구성된 것이기에 생명 탄생의 의미와 가치에는 차별이 있을 수 없다는 사실을 새삼스레 확인할 수 있었다.

출생부터 성장하는 내내 내 삶은 결코 편안하지 않았다. 꿈을 키워 보기도 전에 그 싹을 싹둑 잘라 버려야 했고, 생계를 위해 직업을 구하는 일도 번번이 실패했다. 꿈을 접고, 먹고사는 일에 집중했지만 일자리를 구하지 못했을 때는 스스로 얼마나 '쓸모없는' 사람으로 생각되었는지 괴롭고 또 힘든 시간을 겪어 내야 했다. 어렵게 마음을 추스르고 다시 그림을 그리기 시작했을 때도 온통 내 감정의 눈으로 세상을 볼 수밖에 없었더랬다. 이후 정면으로 다시 나를 보기로 시작하고서 만난 나의 얼굴은 '웃었다!' 천진난만하게 웃고 있었다. 웃고 있는 얼굴에서 세상의 날카롭고 매운맛을 제법 보았다는 경험을 읽을 수 있었다. 그래서인지 천진난만하게 웃고 있는 맑은 눈은 어떤 당당함과 의지가 읽혔다.

자주, 한참 동안 내 얼굴을 들여다보고서 나는 마침내 그림에 내 모습을 담았다. 거울에 비친 내 모습을 있는 그대로 그려 내기 시작했다. 내 감정을 씌우는 것이 아니라 거울로 보이는 내 얼굴의 이야

<짜릿한 만남> 2012

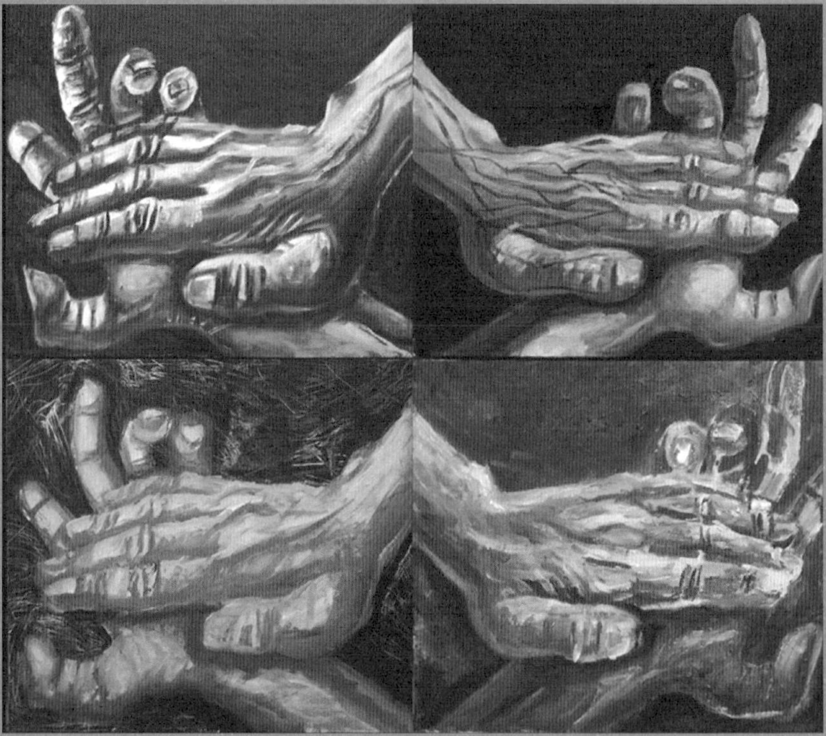

<화가의 손>

<화가의 손 3> 2011

기를 들고, 그림에 담으려고 애썼다. 굵고 검은 붓칠로 드로잉하면서 내 얼굴이 말하고 싶은 이야기와 내 마음이 말하고 싶은 이야기는 무엇인지 탐색했고, 첫 자화상이 완성될 즈음 내가 말하고 싶은 것이 무엇인지 알 수 있었다.

나는 성인이 되고서야, 그림을 그린 지 10년도 훌쩍 넘어서야 나와 나의 '최초의 악수'를 실현할 수 있게 되었다. 나는 뇌병변장애가 있는 나를 진심으로 알게 되었다. 뇌병변장애인인 내 모습을 바로 볼 수 있었다. 나를 만나고, 나를 알았다. 태어나면서부터 세상에서 거절당한 수많은 일이 내가 장애인이기 때문이었다는 생각(아니 생각이라고 할 수도 없는 현실 수용), 나조차도 그 차별과 냉대의 기원과 정체를 알지 못했던 관념적 사고로부터 해방될 수 있었던 것이다. 그리고 그동안 차곡차곡 쌓였던 감정을 떨쳐 버릴 수 있었다.

그리고 울분, 열등감, 죄책감, 자기 연민 등, 정체를 알 수 없던 그간의 감정의 올무에서 벗어나 '나'로 살기로 결심했다. 달라질 수 없는 일에 감정을 묶어 두는 것이 얼마나 부질없는 일인지 깨닫고, 흩어지고 사라져 버리는 잠깐의 감정이 내 마음과 생각의 주인이 되지 못하도록 경계했다. 그리고 내게 있는 장애와 장애 문제를 망명자의 눈으로 바라보기로 했다. 그러니 내게 있는 장애를 세상에 알리고 싶어졌다. 나를 있는 그대로 드러내고 싶었다. 하고 싶은 말들도 생겼다. 내 눈동자가 말하고 싶은 것에 귀 기울였고, 더 많은 이야기들이 궁금해졌다. 그리고 곁에 있는 이들을 알고 싶어졌다. 나에 대한 탐색이 곧장 타인에게로 연장된 것이다.

손짓, 너와 더불어 세상살기

...

나를 보고 나를 알게 된 나는, 다시 태어난 것 같았다. 아기가 어머니의 뱃속에서 숨 쉬고 매일을 살다가 새로운 세계로 나오는 것처럼 나는 알을 깨고 나와 새로운 세계를 만난 것이다. 그 과정이 순탄하거나 즐겁지는 않았다. 잠을 이루지 못할 만큼 괴로운 시간이었던 것도 사실이다. 그럴수록 나는 더욱 그림에 집중해야 했다. 그래야만 내 안의 질문에 답을 찾을 수 있었기 때문이다.

나는 장애가 있는 나를 보여 주고, 장애인을 말하고 싶었다. 사회 구성원으로서 비장애인들에게 장애인을 알려 주고 싶었다. 이 모습이 장애인이라고, 장애인은 이렇게 말하고, 웃고, 생각한다고 말하고 싶었다. 그래서 그토록 낯설어서 불편하고, 긴장해서 장애인을 오해하거나 두려워했던 이들이 두렵거나 불편한 존재로 장애인을 인식하지 않기 바랐다. 내 모습 그대로 드러내어 세상과 소통하고 싶었다.

<푸르시안 블루> 2011

누구 시리즈 24

나는 비로소 세상에 말걸기를 시작하고 싶었던 것이다.

　내가 여기 있다고 말하고, 반갑다고 인사하기로 했다. 그리고 만나는 이들에게는 어떤 곳에서 나고 자라 어떤 일을 하고, 어떤 즐거움과 행복을 좇아 살아가고 있는지 묻기로 했다. 그리고 그들과 어울려 살아가는, 살아 내야 하는 삶의 어려움도 털어놓고, 가끔은 서로 기대고 의지도 하면서 그렇게 살아가고 싶었다.

　아직은 알 수 없는 이들과 만나고 서로 알아 가기를 기대하며 그들과 서로 맞잡은 손으로 힘과 마음을 나눠 다시 살기를 기대했다.

푸르시안 블루

...

내게 미술을 가르쳐 주신 김정현 선생님은 평생 잊지 못할 은사님이시다. 무엇을 그릴 것인가 고민하던 때부터 내 마음과 생각에 깊이 공감해 주셨다. 무엇을 어떻게 그릴 것인지, 나의 용감하나 투박한 붓칠을 어떻게 섬세하게 다듬을지 한참 고민할 때 선생님은 '나의 그림'을 그리라고 말씀해 주셨다.

"네가 고민한 것을 그려라, 너만이 그릴 수 있는 것을 그려라."

내 몸의 장애를 읽을 수 있는 그림을 자유롭게 그리라는 선생님의 조언은 물론 내게 큰 고민이었다.

나는 무엇으로든 장애를 '팔고' 싶지 않았다. 장애가 있는 작가의 그림이나 노래나, 연주나 퍼포먼스 등 모든 문화예술적 행위와 결과물이 장애를 전면에 드러내 동정이나 연민을 불러일으키는 것에 동의하고 싶지 않았다. 비장애인들이 장애인의 문화예술 활동을 재

<세루리안 블루> 2015

<차이니즈 레드> 2016

활 치료쯤으로 생각하거나, 생계를 위한 상품 팔이 정도로 인정하는 것이 극도로 싫었기 때문에 내 그림에서 절대 장애가 읽히지 않기를 바랐다.

그런데 선생님은 '내가 그릴 수 있는, 나만이 그릴 수 있는' 그림을 그리라고 조언하신다.

선생님은 그렇게 너만의 그림을 시작하라 요청하시고서는 주변을 훑어보시더니 테이블 위에 어지럽게 놓인 물감을 하나 집어들어 내 앞에 놓으셨다. 절반쯤 짜 쓴 것 같은 물감은 허리가 휜 채로 둥그렇게 누워 있었다. 나처럼 허리 아래가 조글조글 힘을 잃고 말라 있었다. 물감이 가득 차 있을 때의 통통하고 반듯한 모습을 잃었다. 물감을 한참 보면서 나는 내 몸을 닮은 결핍된 물감의 모습에 빠져들었다. 그리고 더 한참을 바라보니까 쓰고 버려지는 사람들의 모습을 닮았다는 생각도 했다. 자신의 모든 에너지를 짜내며 살아가는 이들의 지치고 고단한 시간이 담긴 듯하여 순간 울컥했다. 뜨거운 목울음이 치솟았다. 자신의 몸을 헐어서 누군가를 돕는, 가족에게든 이웃에게든 내 가진 모든 것을 내어 주는 사람들은 참 따뜻했다.

당장 내 눈앞에 볕을 바라고 누운 물감의 이름을 읽어 보았다. '푸르시안 블루', 창을 통해 들어오는 햇빛을 받아 이미 온몸은 하얗다. 내게 발견된 그것은 밝고, 또 빛났다. 물감을 그려 보라던 선생님은 지금 내가 느낀 감동과 충격을 어쩌면 먼저 생각하고, 알고

<벤트 시엔나> 2016

계셨던 것일까? 푸르시안 블루는 자신의 한 부분을 내어 주고 제 모습을 잃었지만 유난히 밝고 빛났다. 시원하고 명쾌한 본연의 색감대로 한 줌의 유감도 없는 주름진 몸을 내놓고 웃고 있었다.

나는 물감을 보면서 생명도 없는 그것들이 우리네 삶과 닮았다고 생각했다. 제 몸을 덜어 내고 깎아 내서 무언가를 만들어 내거나 새롭게 하고는 이내 구겨지고 쪼그라든 모습으로 버려지는 것이 그랬다. 사람은 태어나서 죽기까지 제 몫의 역할을 하는데 자신의 모든 힘과 지혜를 써 버린다. 각자 인식하는 자신의 몫은 제각각이어서, 어떤 이들은 더 많은 일을 해내야 한다고 믿고 끊임없이 스스로에게 채찍질한다. 도대체 어느 것 하나 자신을 위해 남기지 않고 온전히 소진하는 보통 사람들의 시간은 안타깝고 애처롭다. 물감도 그렇다. 평면 속 형체만 있는 대상에 색을 입히고, 생기를 불어넣는다. 아낌없이 품고 있는 색을 쏟아 낸다. 그리고 세 역할을 마쳤을 때 기서이 버려진다.

나는 물감의 속성에 깊이 매료되었고, 그것이 인간의 모습과 닮았다는 생각에 뭉클했다. 선생님께서 나만의 그림을 그리라 하셨던 것은 물론 이런 물감의 표면적 속성을 이해하라는 말씀은 아니셨을 거다. 내가 내 몸을 이해하고, 내 손가락의 움직임을 이해하고, 물감의 퍼지고 번지는 속성을 잘 알아서 나만의 그림을 창조하라는 말씀이셨다. 나만의, 내 것이라 할 수 있는 특별한 세계를 만들라는 요청이셨을 거다. 나는 물감의 점도와 번짐 정도를 알아 가기도 전에 세 색을 가득 채워 안았을 물감의 몸피에 빠져들었다. 아마도 오랜 시간 고통과 슬픔을 참아 내야 했던 지난 나의 삶이 쭉 짜여진 물감과 닮았기 때문이었을 거다. 그즈음 자화상 그리기에 몰입했던 것을 생각하면 이해가 어려운 것도 아니다.

맑고 청명한 바닷빛을 보여 주는 푸르시안 블루는 창을 통해 쏟아져 들어온 햇빛에 빛나며 더욱 아름다웠다. 특히 허리 아래 흰색은 빛과 어우러져 푸르게 보이더니 본래의 제 빛은 더욱 도드라졌다. 굵게, 또 가늘게 퍼져 가는 주름을 따라가다 보면 주름 사이사이, 주름골 곳곳에 이야기가 담겨 있는 것 같았다. 첫 번째 주름골에는 몸 가득 찼던 물감이 호기롭게 제 것을 퍼낸 후의 수고가, 굵고 얇은 주름이 한데 엉킨 곳에서는 그만큼의 잘못된 판단과 도전과 실험이 실행되었던 이야기가 숨어 있다. 그리고 배꼽 위를 지나 목까지 치닫는 굵고 깊은 주름은 번번이 마지막이라 명명했던 일에 동원되어 자비 없이 착취당했던 흔적이다. 저마다 다른 모양의 주름도 놀라운데, 각각의 주름에서 읽을 수 있는 이야기도 많아서 푸르시안 블루 물감 하나를 그리는 데에도 나는 조용하지만 크게 요동쳤다. 그렇지만 흥미롭게 집중할 수 있었던 경험은 오랫동안 큰 감동이었다.

다섯 번째 개인전을 준비하면서 제작한 도록에는 '세상살이'란 제목으로 작가노트를 메모한 내용이 있다. 개인전의 주제가 '세상살이'였는데 그즈음 작품 창작을 하면서 대상에 대한 지극한 관심과 관찰이 매일 새롭게 진행되던 때라 작가노트를 쓰는데 오히려 하고

픈 말이 많아졌다. 왜 손을 그렸는지, 손이 어떤 의미인지 등을 설명하고 싶었던 것 같다. 작품을 하면서 그렇게도 적극적으로 창작 동기와 목적을 설명하는 것이 그때까지는 없었던 일이라서 쓰면서도 놀랐던 것 같다.

"여러 가지 이유로 사는 세상살이는 여러 가지 색으로 표현이 가능하다. 내가 생각하는 강압적인 성향에는 빨간색 계열을, 자유로운 표현에는 녹색 계열을, 순종적인 느낌에는 파란색 계열을, 도시적인 표현은 모노톤의 회색 계열을 많이 쓰고, 반항적인 성향에는 노란색 계열을 많이 쓰는 등 물감을 감정 표현의 매개체로 사용하고 있다."

저마다 사는 이유가 있을 것이다. 또, 저마다 사는 이유는 다를 것이다. 왜 살아야 하는지에 대한 생각도 제각각이겠지만 나름의 답을 가지고 있을 것이다. 나를 포함해 수많은 사람들은 한때는 열정으로 무엇에든 도전하고, 성공하거나 또 실패를 경험하는 등에 환호하거나 좌절했을 것이다. 그때마다 나름의 자기합리화도 실천했을 것이고, 실패의 원인을 자신을 둘러싼 환경이나 사람에게서 찾기도 했을 것이다. 그리고 이 모든 세상살이에는 기쁨이나 슬픔, 분노와 울분 등의 감정이 동반했을 것이다.

나는 물감이 담긴 물체로서 물감의 외형뿐만 아니라 물질적 속성까지 동원하여 세상살이의 감정을 형상화하고 싶었다. 무엇이라고

규명하기 어려운 감정의 정체와 함께 그것처럼 복잡하고 분별하기 어려운 세상살이의 어려움도 말하고 싶었다. 손을 움직여야 시간을 빚고, 사람을 빚고, 생각을 빚어낼 수 있기에 자연스럽게 손을 그리게 됐다. 관계의 시작은 악수이기에 자연스럽게 두 손을 맞잡게 했다. 서로 부둥켜안고 의지하며 일어서듯 다양한 감정을 느끼는 존재의 만남과 관계맺기는 왕성하게, 또 다양하게 진행되고 있는 중이었다.

악수를 하는 두 사람은 맞잡은 두 손을 통해 전해 오는 상대의 감정을 읽고, 공감하면서 서로를 알아 갈 수 있게 됐다. 그러니 혼자가 아니라는 위로도 받고, 감정도 존중받으면서 살아 낼 수 있었고, 삶을 지지 받을 수 있다. 그렇게 사는 거였다, 세상은. 세상살이는 그런 거였다. 나는 물감의 번짐과 부드러운 촉감으로 최선을 다해서 살아가는 이들을 응원하고 또 내 삶살이도 응원받고 싶었다. 물감이 번지듯 상대의 형편이나 감정이 또 다른 대상에게 흘러들어 물들이고, 번지는 마법 같은 일이 계속되기를 기대하고 바랐다.

나는 물감을 그린다

...

색색의 물감을 담은 외형을 관찰하고 물감의 상징과 의미를 부여한 작업에 이어서 물감의 색과 점도의 특별한 질감을 느끼는데 집중했다. 물감은 자신의 몸피에 난 굵고 옅은 주름 속에 삶의 고단함과 수고의 이야기를 담고 있으면서 이를 내어 보이지 않았더랬다. 내가 한참을 들여다보면서 수름신 골골을 파헤지기 전까지 물감은 그렇게 아프고 상처투성이 이야기를 말해 주지도 않았고, 앓지도 않았더랬다.

속속들이 상처와 아픈 이야기를 품고도 밝고 투명한 낯빛을 간직한 물감의 정직한 색이 더없이 가깝게 느껴졌고, 번지고 퍼지는 일련의 양상이 순진한 아이들의 웃음소리처럼 경쾌하고 즐거워 보였다. 물을 똑똑 떨어트리면 그대로 동그랗게 원을 그리다 이내 사라지며 생색내기를 그만두는 정갈하고 겸손한 태도도 마음에 들었고, 은근하게 내 것을 퍼내는 어머니의 모습 같아 보이기도 했다. 정가운데서 주변으로 퍼져 가며 흐려지는 동그라미의 형체와 조용한 색의 움직임이 정돈되어 아름다웠다.

물감의 몸피에 반하고, 그 의미를 간직하느라 바쁘게 몰입했던 창작의 시간이 빚어낸 열매는 다섯 번째 개인전의 주인공이 되어 많은 사람들에게 사랑을 받았다. 물감이 얽히고설킨 모양은 세상살이의 고단함을 서로 기대어 이겨 나가자는 다짐 같은 것이었고, 작품으로 탄생한 동료 작가의 화구 속 물감들은 제각각 주인의 성격과 모습을 그대로 재현하고 있었다. 긴 시간의 대화나 천 마디의 말보다 작가가 사용하는 물감이 더 자세하게 작가를 말해 주고 있는 것 같았다. 나는 작가의 화구와 물감과 작가의 얼굴을 번갈아 관찰하며 나를 가장 잘 표현할 수 있는 물감은 무엇일까 생각했다.

자화상에 집중하면서 함께 작업했던 손 그림은 손목부터 손가락까지를 그렸는데 굵은 손가락과 뭉툭한 마디마디가 곱지 않았으나 강건한 의지가 드러났다. 세상살이에서 서로의 손을 맞잡는 것만큼 따뜻하고 힘이 되는 일은 없을 것이다. 어린 시절, 나는 부모의 손을 놓치고, 가족의 손을 붙잡지 못한 채 낯선 곳에서 보내졌더랬다. 그때의 마음을 정확하게 기억하지는 못하지만 이후 재활원에서 생활하며 가끔 마음이 선듯해지면 갑자기 몰려드는 불안과 두려움에 몸을 떨었었다. 내 흰 손가락과 비스듬한 손바닥은 늘 추위를 느꼈고, 허전했다. 그래서 더더욱 연필을 쥐고 붓을 들었는지도 모르겠다. 혼자라는 생각과 '버려졌다'는 서늘하고 두려운 마음은 쉬이 가라앉지 못했다.

그때의 허전하고, 외롭고, 고독한 손을 생각하노라면 더더욱 맞잡

<세상살이> 2015

<세상살이 2> 2015 / 성경이 어머님 소장

은 두 손을 그리는 그날 즈음의 창작의 기쁨을 떠올리게 된다. 손이 움직이면 비로소 세상일이 시작된다. 손이 움직이면 세상이 변하기 시작한다. 모든 일의 시작과 끝을 맺는 손을 잡아 주는 일은 서로를 붙들고 응원하는 일이기에 따뜻하고 벅차다. 연대하고 거들며 쌓여 가는 신뢰와 정은 인생의 남은 시간을 건강하게 사는데 영양분이다.

나는 물감의 몸피에서 내 것을 짜내어 누군가에게 아낌없이 주는 따뜻한, 보통 사람들의 모습을 보았다. 그리고 그 물감의 점도와 색감의 속성을 느끼면서는 보이는 겉모습뿐만 아니라 속살까지 타인에게 열린 너그러운 마음과 양보와 배려의 따뜻함을 알 수 있었다. 마치 징검다리를 건너듯, 연결고리가 착착 제 짝을 맞춰 찾듯, 여러 모양의 물감과 그 색은 그 자체로 어울리며 따뜻하고 너그러운 속성을 남지한 생불로 탄생했다.

물감으로 표현한 세상살이는 다양한 사람들이 어울려 살 듯 각각의 색을 가지고 크고 작은 키와 몸피가 어우러진 모습이다. 물감들은 저마다 가로세로로 켜켜이 몸을 내어 주고, 또 그 몸을 빌어 자신의 몸을 지탱하는 등 혼자서는 온전할 수 없는 우리네 삶살이를 보여 주고 있다. 위아래로, 가로와 세로로 엇갈리거나 머리를 맞대고 있는 모습은 상대를 돌보았을 때 자신도 살 수 있다는 가르침을 몸소 보여 준다. 정갈하게 서로를 기대고 누운 물감들은 함께 있어서 행복한 것처럼 포동한 몸피를 자랑한다. '더불어 함께'의 의미를 실현한 일련의 움직임은 표정을 발견할 수 없는 웃음과 희망을 보여 준다. 모일 수 있을 때, 각자도생의 냉정한 현실을 수용하지 않는 함께 손잡고 걷는 연대의 움직임이 발생한다. 연대는 몇 겹인지 알 수 없는 물감의 어우러짐처럼 그 끝을 가늠할 수 없는 강하고 두터운 힘과 고갈을 상상할 수 없는 에너지를 뿜어내고 있다. 각각의 색이 제 빛깔을 인정받는 속에서 또 다른 물감을 들어올리고, 색을 북돋는 모습이야말로 얼마나 이상적인 삶인가!

그림을 그리면서 보호받지 못한 생명의 두려움과 생존의 공포쯤 서로 팔과 온몸을 내어 주며 엉켜 내 빚은 힘으로 얼마든 물리칠 수 있다는 자신감을 회복할 수 있었다. 각각의 존재를 인정하면서도 자신의 모습을 잃지 않은-인정하고 존중한 다른 것들로부터 역시 인정받고 존중받음으로써 구성되는 정체성-작품들은 한데 모여서 의미를 만들 뿐만 아니라 한데 모여서 다른 모습을 창출하는 등으로 변화하면서 스스로 생명력을 입증하였다. 물질이 신이 된 사회에서 가난하여 힘없는 이들이 체험하는 행복은 물질을 얻고 채워져서가 아니었다. 서로를 돕고 위로하는 세상의 마음 덕분이었다.

물감의 다변화, 뭉침과 흩어짐

...

물감이 작품의 주요 소재가 되면서 나는 이후 세 번의 개인전에서 '물감의 다변화' 시리즈를 발표했다. 물감의 다변화(part 1) 뭉침, 물감의 다변화(part 2) 흩어짐, 물감놀이로 이어진 개인전 전시는 물감이 모이고 흩어져 만드는 일련의 상황과 새로운 세계를 상상한 작품들이었고, 이후 '물감놀이'는 물감의 또 다른 무엇으로의 변이와 변용에 집중한 작품들이었다.

다변화란 말은 방법이나 양상이 단순하지 않고 여러 갈래로 '복잡해진다'는 의미이다. 이는 모든 생명과 사물의 모습이 보이는 하나가 아닌 동시에 이후의 모습 또한 달라질 수 있음을 뜻한다. 물감의 다변화 시리즈에서 말하고 싶은 주제였다. 보이는, 겉으로 드러나는 모습은 이를 구성해 내는 수많은 것들의 융합이고 혼용의 결과물이며 사람의 겉모습 또한 그러하다. 하물며 사람의 내면세계는 더 복잡하고 다양한 생각과 감정들의 융합체이다. 나는 사람들의 내면세계를 심층적으로 파헤쳐 인지와 감각 등 모든 기관들이 할

<코뿔소> 2017 / 하승철 소장

수 있는 역할과 분담한 역할의 내역을 확인하고, 이를 통해 또 다른 일을 할 수 있다는 것을 상상하고 이를 증명해 보이고 싶었다.

이것을 과학으로 접근해 보자. 화학에서 모든 물체는 원자를 이루고 있으면서 또한 분자를 이루고 있다. 가령 우리가 평소에 마시는 물이라면, 물의 분자 기호는 H_2O이고 그 속에 원자 3개가 붙어있다. 먼저 원자 H(수소)가 2개가 있고, 원자 O(산소)가 1개, 이들이 결합하여 물이란 분자를 이룬다. 최소단위 원자의 성질을 이용해서 새로운 분자의 구조가 탄생하며, 그 분자들이 결합하여 또 다른 물질을 구성한다. 분자를 이루고 있는 원자의 성질을 그대로 간직하면서 새로운 역할을 한다는 것이다.

우리가 사는 세상도 이와 같다. 개인은 실제로 크고 작은 공동체를 이루며 사회라는 주어진 틀 안에서 살고 있다. 개인은 가족이란 작은 공동체를 구성할 수 있고, 학교공동체를 형성할 수 있다. 더 많은 개인이 모여서 사회 속 크고 작은 공동체를 꾸릴 수 있고, 결국은 사회공동체를 구성한다. 그리고 국가공동체, 지구촌이라는 세계공동체로 확장할 수 있다. 개인이 모여 세계인이 되듯 작은 것이 모이면 큰 걸 만들 수 있다.

이와 마찬가지로 한 개의 튜브물감은 자신만의 특별한, 고유의 색으로 표현이 되고, 이 색들이 모여 전혀 다른 형태의 아름다움을 나타낸다. 이것은 하나의 물감이 모여서 모든 물체의 형태를 표현할 수 있다는 것이고, 사람들이 구성하고 형상화한 모든 영역의 양상은 무궁무진하며 때로는 사람이 상상하는 초현실주의까지도 표현

<레이지 벤츠> 2017

할 수 있다는 것이다. 나는 그 가능성을 신뢰한다. 변화의 귀재, 튜브물감들이 하나의 새로운 물체를 이룬다면 이 세상에 없는 초현실 세계가 나오지 않을까 하는 발칙한 상상에 도전하며 모든 다양한 것들이 인정받고 존중받는 세상을 기대해 보기로 했다.

모든 강한 것들도 그 외연을 구성한 것들의 강함으로 완성된 것은 아니다. 켜켜이 들여다보노라면 우린 모두 하나에서 출발한 것일 수 있다. 생명의 원천, 그 시작의 첫 모양은 차별도 구별도 없었다. 그리고 이후 각각 다른 모습을 가꿔 갔을 터인데, 어떤 것은 강하고 굵은 몸피와 그 성질을 구성하였고, 또 어떤 것은 섬세하고 여린 내면을 풍성하게 키웠으리라. 무엇을 기대하느냐에 따라 각각의 구성은 서로 다르고 특별한 것이 되었다. 때문에 서로 다른 모습을 인정하는 태도는 너 많고 나양한 아름다움을 창소할 수 있다는 섬에서 생산적이다.

물감놀이의 미학

...

    다변화란 방법이나 양상이 단순하지 않고 여러 갈래로 복잡하다는 것을 함의하고 있다. 예측이 어렵고 상상이 무한대로 열려 있기 때문에 보이는 것이든 보이지 않는 것이든 그 인식의 세계는 무궁무진하다. 표현의 대상과 방법의 제한이 없다는 것이다. 나는 튜브물감을 가지고 인식한 세계와 사회의 모습을 3가지로 나누어 창작해 보기로 계획하고 뭉침, 흩어짐, 물감놀이(흘러내림)의 제목을 붙였다. 2017년에 이어 2019년 두 번째로 선보이는 작품의 주제는 흩어짐(해체)이다.

    나는 '흩어짐(해체)'이란 주제로 유기물과 생명이 없는 무생물을 표현하려고 했다. 지난 개인전에서는 낱낱의 요소가 이룬 하나의 구성물을 형상화했다면 이번 전시에서는 역으로 구성체를 하나하나 떼어 내어 다시 그 처음을 찾아가는 방식이었다. 튜브물감을 소재로 생명체를 이루고 있는 유기물과 무기물을 분리하려는 기획은 여

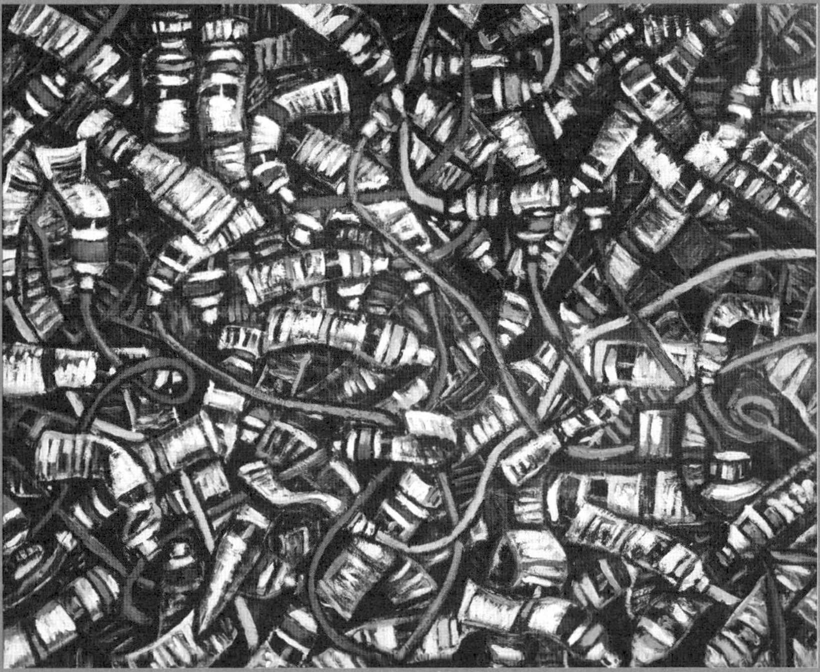

<흩어짐> 2018

러 가지 색감을 두드러지게 표현하는 방식으로 실천했다. 눈으로 보이는 살아 있는 것의 형태와 눈에 보이지 않는 사물의 본질을 색 감으로 분해, 분리하여 표현한 것이다.

하나의 완성형으로 보이는 유기체가 그것을 구성한 하나하나의 물질과 원소로 구성된 것임을 이해하면 또 다른 분산과 확산을 상상할 수 있고, 다시 구성체를 형성하는 순환의 의미와 그 함의를 이해할 수 있다. 우리가 살아가고 있는 세상은 살아 있는 것과 죽어 있는 것이 상호작용하며 꾸준히 무엇인가를 재탄생시킨 결과물이다. 사람과 사람이 만들어 내는 사회 환경이 서로 분리된 듯 보이지만 상호작용을 통해-그 과정이 긍정적이거나 부정적일 수도 있다-많은 것들을 만들어 내듯 말이다. 사람은 질서와 규범, 문화 등의 환경을 만들어 내고 그 환경에 순응하며 살아가지만 그와 동시에 살아가고 있는 지금과는 '다른' 환경을 만들어 내기도 한다. 이러한 순환 속에서 사람은 꾸준히 새로운 것을 만들고 기존에 있던 것을 발전시켜 왔다.

나는 이러한 사고와 인식의 순환을 물감으로 표현할 수 있다고 생각했다. 튜브물감으로 나타내는 생명체나 그것을 둘러싼 사회 환경을 각각 다르게 흩어져 존재하는 색감으로 표현한 것은 이를 뚜렷하게 드러내고 싶은 목적이었다. 물감의 여러 색감들이 뭉치고 다시 흩어지면서 물감으로 재해석된 환경은 공간을 만들고, 공간은 다시 시간을 변화시켰다.

나는 시간과 공간의 순환과 흐름을 강렬하게 표현하고 싶었다.

원색을 주로 쓴 그림은 색의 대비가 두드러지면서 강렬했고, 단순 명료한 선은 메시지를 명료하게 드러냈다. 작업을 진행하다 보니 색의 대비와 분할 등을 시작으로 여러 가지 색의 표현이 가능했다. 색의 대비와 분할 등이 자유로운 변용과 응용으로 가능했기 때문인데, 사물과 풍경과 생명 등이 캔버스에 자유롭게 구현될 수 있었다. 물감의 다변화 Part 2(흩어짐) 전시에서는 다양한 재료와 소재가 역할을 하는 복합예술을 선보이며 표현주의 예술로 발전시키려는 다음 작품과 전시의 기획이 구체화될 수 있어서 기대보다 더 큰 성취감을 얻었다.

 어린 시절의 놀이는 추억일 뿐만 아니라 어른이 되어서도 살아갈 자산이다. 재미있게 놀았던 정서와 상상은 어른이 되어서 연일 치이는 '생존 살이' 속에서노 나를 지켜 수는 힘이다. 추억은 살아 내야 하는 우리의 튼튼한 뿌리다. 어떤 상황에서도 나를 지키고, 그럼에도 불구하고 '살 만하다'는 생각을 심어 주는 고마운 농부고 보호자다. 숨바꼭질이나 딱지치기, 오징어게임과 사방치기 등 어린 시절의 여러 놀이가 잊히지 않는 까닭도 이 때문이다.
 누구나 한 번쯤 골목길에서, 또 운동장에서 어떤 놀이든지 해 봤으리라. 그리고 놀이를 통해서 여러 감정을 느낄 수 있었을 것이고, 갈등과 조절 능력도 터득했을 것이다. 놀이에서 배우고 깨닫는 생각과 태도를 자연스럽게 몸에 익혔을 것이고 이러한 배움의 내용도 적지 않았을 것이다. 우리는 놀이를 통해 여러 가지 감정과 즐거움을 얻는다. 즐겁다는 것은 놀이에 만족했다는 것이고, 함께한 친구들에게도 고맙다는 표현이다. 거기서 한 발짝 더 나아가면 사람들과 가까워지고 신의를 쌓는 것은 물론 복잡한 세상을 살아가는 데에 기본적인 사고와 태도를 배울 수 있다. 놀이는 이렇게 사람을 키운다.

나는 물감놀이를 좀 늦게 배웠다. 장애가 있는 내 몸은 나이가 어렸다지만 주어진 여건과 상황으로 놀이가 어려웠다. 재활원에서 자유로웠지만 단체 생활의 규칙이 놀이에 적잖은 방해가 된 것 또한 사실이다. 때문에 놀이가 당연하게 생각되지도 않았다. 무엇보다 내가 가지고 태어난 장애도 놀이를 더디게 만들었던 장애물이었다.

그런데 어느 날부터 물감들로 할 수 있는 일들이 많아지고, 사람들이 내 그림의 의미를 알아주고 찾아내 주면서 사람들과 사귈 수 있는 용기가 생겼다. 그 뒤로 물감은 내게 활력을 주는 주인공이었고, 사람들과 친밀해지는 수단이었다. 적어도 혼자만 즐기는 놀이에서 여러 사람이 즐기는 놀이로 전환되는 걸 경험해 본 결과, 물감놀이로 평생 놀 수 있을 것 같았다.

물감은 일개 소모품이지만 서로 섞이고 나뉘면서 무수히 만들어지고 또 만들어진다. '열심히 짜내야 산다'라는 말이 어울릴 정도로 물감은 제 몸 하나로 많은 일을 한다. 섞이고 나뉜 새 물감이 할 수 있는 일은 세상에서 제일 멋지고 감동적인 이야기이자 초간단 단편 영화일 것이다. 살아 있는 움직임, 전하고 싶은 메시지, 시간을 초월한 공감 등은 모두 물감으로 전달할 수 있다. 화가들은 이렇듯 다재다능한 물감을 통해 아름다운 그림을 그리고 걸작들을 탄생시켰다. 놀이를 통한 창조의 열매를 내놓은 것이다.

놀이하는 인간, 호이징아가 말한 '호모 루덴스(Homo Ludens)'는 놀이를 통해서 삶을 창조하고 조정하며 가치와 의미를 생산한다. 인간은 놀이를 할 때 가장 창의적이며, 창의적이었을 때 비로소 주체로 거듭난다. 놀지 못하면, 자신의 주인 됨을 버리게 될 수 있다. 누군가, 무엇에 의해 통제되고 조정당하는 삶이라면 내가 나와 내 삶에 주인 될 필요가 없을 것이다. 외부로부터의 제한과 규율에 의존하고, 스스로 구속되기를 기대하는 삶은 내일을 상상할 수 없다. 또, 내 안에서, 내부로부터 발현되는 주체를 무시하면서 그저 틀 속에 살아갈 뿐이다.

'밥벌이'만을 위한 삶은 어둠이다. 우리가 행복하려면 삶의 틀을 거절하고 자유롭게 내 삶을 기획하고 상상할 수 있어야 한다. 미래의 불확징싱이 내포한 가지를 발건하고 기써이 그것에 도선할 수 있어야 한다. 누군가의 말처럼 배는 항구에 정박하기 위해서 만들어진 것이 아니기 때문에 알 수 없는 날씨를 두려워해서 묶여 있기를 안심한다면 스스로 존재의 부정을 선택한 것일 뿐이다.

각각 다르고 또 같은 삶. 험하고 고된 현실 속에서 살아남는 것뿐만 아니라 행복하려는 나와 너, 우리는 서로를 존중하며 나의 약함을 인정하고 서로를 북돋고 응원하는데 인색할 이유가 없다. 생명으로 이 세상에 난 우리의 처음, 시작이 다르지 않았고 우리를 구성한 수많은 것들 또한 다르지 않음을 이해한다면 각각 다르고 또 다르게 구성한 너와 나, 우리의 존재는 모두가 귀하다. 사람을 뺀

<흐르는 고양이> 2020 / 양혜우 소장

<로보트> 2020 / 유재근 소장

모든 생명이 귀하고, 사람을 위해 쓰이는 모든 생명 없는 것들 또한 같은 맥락에서 쓰임 없는 것은 없다.

　물감의 다변화 시리즈 마지막 전시('물감놀이')에서는 물감의 색감을 살려서 어린 시절 부유하게 상상했던 것들을 형상화한 작품들이 주인공이었다. 앞서 튜브물감의 속성을 이해하고 색감을 통해 융합과 분산의 인식을 보여 주었던 두 번의 전시가 내 인식의 구조를 드러내고 공감을 얻기 위한 것이었다면 시리즈 마지막 전시는 순수하고 원초적인 튜브물감의 색을 만나며 나와 우리의 냉정한 현실과 황폐한 매일을 견뎌 내고 싶었다. 마음껏 상상하고, 상상의 즐거움을 경험하는 것을 통해서 지금 나와 곁에 있는 사람들의 이야기를 호출하고, 귀 기울이면서 웃고, 희망을 찾고, 행복하고 싶었다. 생각만으로 웃음 짓는 어린 시절의 추억은 지금의 나를, 우리를 구성했다. 그때의 웃음과 꿈으로 우린 다시 살아갈 힘을 얻는다.

함께 걷는 길에서

...

　화가로 살면서 창작에 대한 고민과 전시 기회 등을 혼자 고민하기란 어렵다. 비장애인 작가들도 다르지 않겠지만 장애인 작가들에게는 전시 기획과 전시회 개최, 진행의 기회가 너무나 적다. 공간을 대여하는 것부터 전시를 위해 작품을 외부로 반출하고 판매하는 일까지 어느 것 하나 쉽지 않다. 경제적인 어려움이 길어지기도 하는 것은 어제 오늘의 일이 아니다. 화가로 먹고사는 것이 어려운 일이란 것쯤 모르지 않으나 내 몸의 장애를 거절하는 사회적 장애의 벽은 높고도 견고하다.

　좀 더 자유롭게 이용할 수 있는 교통수단이 정착되고, 좀 더 열심히 공부할 수 있는 환경이 제공되었더라면 더 많고 다양한 꿈을 꿀 수도 있었을 것이다. 다양한 방식의 창작 기법을 익히고, 자유롭게 소재를 선택하고, 미술 이론 교육을 받을 수 있었다면 더 왕성한 창작을 기대할 수 있었을 것이다. 그러니까 창작과 생계를 위한 고민에만 집중할 수 있었을 거란 말이다. 사회의 편견과 작품에 대한

왜곡된 인식, 동정적 시선 등 장애예술인이 맞닥트리는 수많은, 또 크고 작은 걸림돌은 종종 창작의 고통마저 꺾어 버려서 슬프다.

이러저러한 고민과 슬픔을 함께 나누고, 고민하고, 또 작품 세계의 확장에 의견을 보태 주는 동료들은 장애예술인, 장애 화가로 살아가는데 큰 힘이다(나 또한 그들에게 힘을 나눠 주는 사람이면 좋겠다). 본격적으로 그림을 그리기 시작하면서 회원이 된 '화사랑'과 '소울음'은 20년 남짓한 창작의 시간 동안 버팀목이었고, 언제나 달려가 안기고픈 마음의 집이었다.

화사랑 회원 작가들과 함께 그림 그리고 전시회를 다니면서 좋은 작품을 알고, 보게 됐다. 서로의 작품에 대해서 의견도 나누고, 무엇보다 작업에 고민이 있을 때 진지하게 생각을 말하고, 문제를 해결하는데 함께해 주었던 동료들이다.

김정현 선생님을 만나고, 무엇을 그릴 것인지 결정할 수 있었던 일은 지금까지 나의 작가 인생에서 가장 중요한 고민이었다. 혼자서 작업했더라면, 동료 작가들과 소통이 없었다면 장애 화가로서 기왕에 동반한 문제 속에서 창작과 작품에 대한 고민보다 자기 연민을 키워 갔을지도 모르겠다.

장애인 작가들이 회원으로 활동하며 창작과 전시에 대한 고민과 생각을 나눴던 화사랑 모임과 같은 성격의 모임으로 '소울음' 회원으로도 활동했다. 회원들과 함께 스케치 여행도 다니고, 비장애인 작가들과 드로잉 등을 함께 진행하며 창작 경험과 영역을 넓혀 갈 수 있었다. 개인으로서는 지원받기 어려운 이러저러한 문화예술 지원사업에도 선정되어 주류 문화예술계에 장애 작가들의 작품을 소개하고, 장애라는 특별한 경험과 정체성을 가진 이들의 예술적 상상과 대상에 대한 고민과 인식의 지평을 소개할 수 있었다.

나는 장애인 작가들의 작품 전시와 판매 등을 기획하고, 또 국제교류전 등을 기획, 개최하는 등의 일을 대단히 환영한다. 이는 장애인 작가들에게 작품을 발표하는 기회가 되고, 또 세계로 진출할 수 있는 기회도 만들어 준다는 점에서 고마운 일이다. 특별한 행운이다. 그러나 이런 일은 작품 발표의 기회가 적은(장애인 작가라는 점 때문에 작품보다 장애에 먼저 관심을 갖고, 장애로 작품을 평가하는 등의 일이 비일비재하다) 장애인 작가들에게만 행운이고 특별한 경험은 아니다.

문화예술은 그 세계가 무한대로 열려 있고, 새롭고 다른 감각과 인식을 보여 주는 동시에 이를 체험할 수 있는 기회를 제공하는 바, 장애, 비장애 관람객들은 '다른' 예술을 향유할 수 있다. 지금까지 경험한 익숙한 방식의 작품이 아니라 전혀 다르고 새로운 작품을 만나는 것이다. 세련되고 익숙한 붓질과 인식이 비장애인 중심의 주류 예술이었다면 신체에 있는 장애로 인해 입으로, 혹은 발로, 곱은 손가락으로 진행하는 밑그림과 색칠은 이전과는 다른 색감과 질감을 선물한다. 이를 발견하고 관찰하는 기쁨을 안다면 매우 흥미로운 문화예술 향유이다. 이것이 장애인예술의 존재 이유이고 가치이다.

스케치 여행을 하면서 이전에는 보지 못했던 새로운 세계를 만날 수 있었다. 아무래도 몸을 마음만큼 빠르게 움직일 수 없어서 요즘 세상의 훌륭한 가치인 속도와 효율을 생산해 내지 못하는 탓에 나의 외출과 여행은 더 많은 장벽 앞에 설 수밖에 없었다. 교통수단을 이용하는 것부터 입장권과 식당에서 주문을 하는 일까지 수없이 많은 '폭력'으로부터 나를 일으켜 세워야 했기 때문이다. 불쾌하거나 두려워하는 눈과 눈빛, 눈초리 등의 비언어적 의사표시와 일방적 대화는 물론이거니와 다 들리도록 수군대거나 혀를 차는 등의 친절한 언어 폭력과 냉대를 강제적으로 수용, 인내해야만 '돌아다닐 수' 있다. 이러한 어려움 속에서도 나는 여행을 참 좋아한다. 지금 있는 곳과 다른 곳을 가 볼 수 있다는 사실은 듣는 것 만으로도 설레고 긴장감에 짜릿하다.

하루의 대부분, 평소 거의 대부분의 시간을 창작에 쏟고 있지만 그리기 위해서 사진을 보거나 인터넷 검색, 텔레비전이나 영화 보기 등도 부지런히 한다. 새로운 화제를 얻고, 그림의 주제와 제재를 찾기 위한 노력의 일환인데 그때마다 컴퓨터 모니터나 텔레비전 화면이 아닌 실제 모습을 보고 싶다는 갈급함이 늘 함께였다. 나는 실제 겨울바다의 파도 치는 소리도 듣고 싶었다. 텔레비전에서는 우레와 같은 파도가 부서진다는데, 그 소리를 현장에서 듣는다면 나는 어떻게 들릴지, 그때 나는 어떤 감정과 생각을 하게 될 것인지 무척 궁금하고, 그 궁금함 때문에 설레고 갈급했다. 뿐만 아니라 꽃잎을 애태우며 날아드는 나비의 촉감도 실제 느껴 보고 싶었고, 그 몸빛

<소울음> 야외 스케치

을 내 눈으로 확인하고 싶었다.

어디에 가면 있다는 초가집 지붕에 주렁주렁 박이 달린 모습도 보고 싶고, 톡톡 두들겨 텔레비전에서 들었던 투명하고 청아한 소리도 가까이서 들어 보고 싶었다. 내가 보는 많은 것들 중 대부분은 영상이나 사진으로 본 것들이라서 날것에서 아이디어를 얻고 싶었지만 한계가 있었다. 내 그림은 대부분 내 삶 가까이 있는 것이거나 초창기 풍경 그림은 기억을 더듬거나 사진으로 본 풍경들이었다. 때문에 소울음 모임에서 야외 스케치 여행은 더없이 귀하고 귀한 경험이었다. 회원들과 함께 장애인 전용 버스를 빌려 타고 시시각각 변하는 창밖 풍경을 감상하고, 목적지에 도착해서 서울과는 다른 공기를 가슴 가득 맡노라면 호흡과 눈에 담은 모든 것에서 이제껏 경험하지 못했던 냄새가, 보지 못했던 일들이 당장 눈앞에 펼쳐지는 듯했다. 감정을 그림으로 형상화하고 싶은 강한 충동을 느꼈고, 그때마다 붓은 더 신나게 움직였다.

동료 화가들과 그림 이야기를 나누고, 스터디를 하고, 전시회를 다니고, 스케치 여행을 하면서 나는 화가라는 직업과 나의 정체성을 더욱 분명히 할 수 있었고 그럴수록 더욱 나를 사랑할 수 있었다. 내가 귀한 존재이고, 살아갈 가치가 있다는 깨달음과 기쁨은 곁에 있는 이들에게로 흘러가서 동료 화가들도 여행의 즐거움 속에서 창작의 자유로움을 느끼고 있음을 알 수 있었다.

여러 모임에 참여하게 된 기쁨을 누리는 중에 또 하나의 이벤트를 만들었다. 작품을 위한 장애인 화가들의 모임과 함께 특별히 뇌성마비장애 작가들 여럿이서 퍼포먼스를 창작하고 정기적으로 공연하는 뇌성마비 작가회 '날' 단체에 회원이 되었다. 젊은 예술인을 중심으로 만든 작가회는 장애인과 비장애인들에게 뇌성마비장애를 알려 주자는데 뜻을 모으고 다양한 퍼포먼스를 구성했다. 우리에게 있는 장애를 '보여 주자'는 목적은 다른 장애인들도 잘 모르는 뇌성마비장애를 알려 주고 각자의 다름을 이해하는 기회를 만들어 보자는 것이었다. 또, 비장애인들이 자신들과 다른 전체를 '장애인'으로 통칭하며 잘 모르고, 잘못된 정보를 견고하게 만들어 버리는 일을 수정하자는 데에 뜻을 모은 적극적 실천이었다.

퍼포먼스 전문가를 초빙하여 여러 뇌성마비장애예술인들과 안무를 만들고 주제를 담은 퍼포먼스를 완성하는 일도 즐거웠지만 이를 공연으로 완성했을 때 설렘과 기쁨은 무엇에도 견줄 수 없었다. 우리는 2015년에 처음으로 '날 댄스 발표회'를 개최했다. 수제는 '여러 가지 선'이었는데 뇌성마비가 있는 우리 몸이 보여 줄 수 있는 신체의 선과 동작을 여러 가지 선보이며 비장애인의 장애인 이해를 기대했다. 전혀 다른 움직임과 한번도 써 보지 않은 근육을 사용하는 장애 작가들의 움직임은 비선형의 선을 만들면서 예측할 수 없는 선의 연결을 보여 주었다.

2016년에는 '점 점 퍼지다'란 주제로 댄스 발표회를 개최했는데 지난해 뇌성마비장애 작가들의 온몸에서 만들어지는 선의 연결이 상하좌우 온 곳으로 퍼져 가는 모습을 안무로 만들었다. 뇌성마비작가회 '날'이 자체 기획하고 한국문화예술위원회의 지원심사를 거쳐 선정된 협업 프로젝트 공연이었던 '점 점 퍼지다'는 각자 서로 다른 움직임들을 점으로 상징하며 그 움직임으로 하는 대화가 아름답고 넓게 퍼져 나간다는 의미를 담고 있다.

노경애 안무가의 아트엘 무용단과 함께 약 16주간 18회의 프로젝트 워크숍과 공연 연습을 진행했다. 공연에서 전달하려는 메시지는 서로 다른 몸의 아름다움을 생각해 보는 기획이었다.

뇌성마비작가회 '날'의 기획자 화가 문승현은 매체와의 인터뷰에서 공연 내용을 다음과 같이 소개했다.

"아직 우리나라에서는 장애인 공연이라고 하면 땀과 눈물로 맺은 장애 극복 경험담이나 교훈적인 이야기들을 생각하는 경우가 많은데, 이번 공연은 우리가 몸으로 하는 말에 대해서 생각해 보고 그 말들이 아름다운 예술작품이 될 수 있다는 것을 볼 수 있을 것입니다."

몸의 언어를 이해할 수 있는 길을 마련하자는 우리의 뜻을 참 잘 소개한 인터뷰였다.

공연에서는 여러 작가들이 서로 몸을 엉키고 푸는 동작부터 모둠이 만든 원 안을 개별적으로 통과하는 등의 움직임이 연속됐다. 제각각 자유로운 팔과 다리의 격동적 움직임은 예측할 수 없는, 추측할 수 없는 진행 방향을 보여 주면서 주변으로 펼쳐졌다. 우리의 움

제37회 장애인의 날 기념식에서

직임이 온 세상에 퍼져 나가기를 기원하는 퍼포먼스였다. 관람한 장애인, 비장애인이 모두 의미를 찾아 주기 바라며 혼신을 다해 춤을 췄던 것 같다.

2017년 4월 20일에는 '제37회 장애인의 날' 기념식에서 공연했다. 자발적으로 모여서 뇌성마비 작가들의 생각과 바람을 몸으로 보여 주자는 그간의 노력이 공식 기념식에서 거듭 재현되며 좀 더 많은 사람들에게 우리의 생각과 뜻이 전달될 거라고 생각하니 무척 설레고 긴장했던 것 같다.

2018년에는 다시 한 번 아트엘과 협업으로 발표회를 개최했다. 국립중앙박물관에서 열린 퍼포먼스는 지난 몇 년간 우리가 한 목소리로, 혼신의 동작으로 전달하려던 메시지가 모아지는 자리로 그동안의 땀과 노력이 빚은 큰 열매였다.

걸음을 응원 받고 또 걷기로 합니다

...

　2019년 8월 '제2회 이원형어워드'의 수상자로 선발되었다는 소식을 들었다. 이원형어워드는 캐나다에 거주하는 조각가 이원형 작가가 고국 장애미술인의 창작활동 활성화를 위해 마련한 상이다. 내가 2회에 받았고, 1회 때는 좋은 선배이자 형인 문승현 화가가 받았다. 그의 수상 소식을 듣고 진심으로 기뻤는데 마음 한쪽에서는 기쁨에 보태 부러운 마음이 컸다. 꼭 수상하고 싶었다.

　이원형 조각가는 소아마비장애가 있었는데 세계적인 조각가로 성공했다. 한국에서 활동하다가 50년 전 고국을 떠나 미국을 거쳐 캐나다로 이주했고 그곳에서 세계적인 조각가로 자리를 굳혔다. 몸에 있는 장애가 그의 독창적인 상상력을 촉발했거나, 어쩌면 창의적인 작품의 원천이 될 수도 있었을 것이다. 설사 그렇지 않다 하더라도 장애로 인해 작품성을 평가받는 일련의 일은 없었을 거라는 게 부럽고 또 부럽다.

주한 캐나다 대사관에서 열린 故 이원형 조각가 작품 제막행사에서

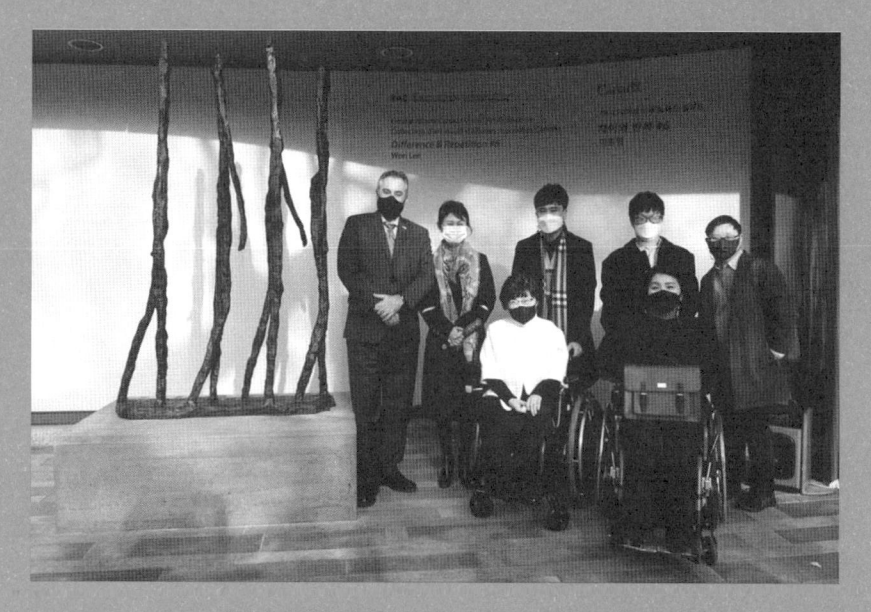

대사관 관계자, 故 이원형 조각가 유족이신 이현주 여사,
장애예술인협회 방귀희 회장님을 비롯하여 이원형어워드 수상자들과 함께

석창우 화백님께 축하 받으며

나는 상패와 함께 상금 100만 원을 받았다. 총 10명이 응모했고 최종심에 3명이 올라와 경합을 벌인 끝에 내가 최종 선택된 것인데 장애인예술계에서 권위를 인정하는 상이고, 그래서 응모 전부터 꼭 받고 싶었다. 그때까지 7회에 걸쳐 개인전을 했고, 수많은 단체전을 했기 때문에 이때쯤 나의 화가 인생에 선물을 주고 싶었다. 제법 긴 시간 고통스럽거나 절망했을 때도 결코 붓을 놓지 않았던 내가 대견하고 멋졌다. 그런데 수상했을 때의 감정은 완전한 기쁨과 순수한 함박웃음은 아니었던 것 같다. 버티고 묵묵히 걸어온 내 걸음이 안쓰럽기도, 안타깝기도 한 그런 마음이었다. 그랬다. 기쁘고, 곁에 있는 사람들에게 한없이 고마운 마음속에는 나에 대한 뜨겁고 뭉클한 어떤 연민의 감정이 섞여 있었던 것 같다.

2005년, 대한민국장애인미술대전에서 특선을 하며 데뷔한 나는 6년 동안 서울잠실창작스튜디오(현 서울장애예술창작센터)에서 작업을 했다. 서울문화재단에서 운영하는 잠실창작스튜디오는 창작실은 물론이고 다양한 소재로 작업할 수 있는 환경을 제공했다. 무엇보다 동료 작가들과 함께 소통하는 일이 크게 도움이 되었는데 레지던시 기간인 1년이 마무리될 즈음에는 기획전시를 열어서 기간의 성과를 공유하고 확산하는데 힘을 쏟았다. 총괄 책임을 맡은 매니저님을 비롯해서 다른 서울문화재단 직원들이 진심으로 응원하고 도움을 주는 속에서 온전하게 그림에 집중할 수 있었던 기회는 정말 귀했다. 첫 전시회를 시작으로 매년 개인전을 개최할 수 있었던

<심장에 비수를 꽂다> 2016 / 제2회 이원형어워드 수상작

것도 잠실창작스튜디오의 도움이 아니었더라면 어려울 일이었다.

지금까지 그림을 그릴 수 있었던 것을 생각해 보면 기적이고 은혜다. 부모님이 보호자로서의 역할을 할 수 없어 내 손을 놓았고, 나는 세상에 홀로 남겨졌다는 두려움과 외로움으로 많이도 울었고, 또 고통스러웠다. 그때마다 내게 위로가 되고 살 힘이 되었던 것은 그림이었다. 처음에는 누구의 도움 없이 혼자 그리고 있다고 생각했다. 내 힘으로, 내 의지로 화가가 되겠다고도 다짐한 적이 있다. 그런데 생각해 보면 지금까지 올 수 있었던 것은 정말 은혜이다. 주변 사람들의 도움과 관심과 사랑이었고, 보이지 않는 존재의 보살핌으로 그릴 수 있었고, 살 수 있었다. 내게 있는 아주 작은 재능은 정말로 아주 작은 것이어서 이것만을 믿고 계속 그림을 그릴 수는 없었다. 나는 이 사실을 모르지 않았지만 제법 긴 시간을 경직된 속에서 '살아 내야 한다는' 강박을 만들어 살고 있었기에 외면하고 싶었던지도 모른다.

그러나 지금은 내 모든 걸음과 움직임과 작업 전체가 혼자의 힘으로 가능하지 않음을 안다. 그래서 더 높은 곳으로 가겠다는, 인정받는 작가가 되겠다는 욕망보다는 이렇게 오래 그림을 그리고 싶다는 따뜻한 바람 정도를 품고 있는 것 같다. 누구든 내 그림을 보고 행복하다면, 무엇인가를 발견하고 이를 자신의 삶이나 생각에 보탤 수 있다면 그것으로 만족한다.

그래도 장애예술인으로서 한껏 욕심 부려 꾸는 꿈은 있다. 장애인 예술을 더 열심히 알리는 것이다. 장애예술인의 작품을 '불편한 몸

잠실창작스튜디오 입주작가 시절

으로 끄적인 결과물'이란 인식에서 동정적으로 감상하는 것이 아니라 '이상하고' '궁금한' 작품으로 탐구의 대상이 될 수 있도록 하는 데 앞장서 역할을 하고 싶다. 꿈을 위해서는 지금보다 더 왕성한 창작과 전시가 계속되어야 할 것이다.

그래서 현재 필요한 것은 '공간'이다. 전시할 공간과 작품을 보관할 공간, 작업을 진행할 공간이 필요하다. 전시 기회가 절대적으로 부족하기 때문에 작품을 완성한다고 해도 보일 기회가 없다. 뿐만 아니라 기회를 기다리며 창작할 공간도 없기에 완성된 작품은 짐짝처럼 집 여기저기에 쌓이고 있는 것이 현실이다. 그러다 보니 집이 작업실이 되고, 작업실이 집이 되는 문제가 생기며 어느 곳도 장소성을 획득하지 못하고 있다. 그러한 공간 속에 머무는 사람 또한 자기 정체성을 구성하기 어렵다.

'나는 왜 그리는가?'

셀 수 없는 질문이 던져지는 매일매일, 셀 수 없는 질문이 던져지는 매일매일, 스스로 화가라고 답할 수 있으려면 정체성을 구성할 수 있는 공간이 필요하다.

작업을 할 수 있는 공간이 있다면, 전시할 수 있는 공간을 지금보다 덜 어렵게 확보할 수 있다면, 미처 팔리지 못한 작품을 보관할 수 있다면, 나는 지금처럼 아니 지금보다 더 열심히 그리고 또 그릴 것이다.

근래 들어 오른쪽 눈이 잘 보이지 않는다. 점차 시력을 잃어 간다는 진단이다. 아마 얼마의 시간이 지나면 안 보이게 될지도 모르겠다. 그러나 지금은 두 눈으로 세상 풍경을 볼 수 있다. 시간이 지나서 점점 흐려진다면 그때는 지금과 다른 세상 풍경을 화폭에 담아낼 수 있을 것이다. 그때 수많은 장면들이 어떻게 보일 것인지 알 수 없지만 나는 보이는 그대로 세상빛을 담아낼 생각이다. 고흐처럼, 로트렉처럼 대상의 진실을 온전히 담아내는 데 남은 힘을 쏟을 생각이다. 그때도 사람들은 뇌병변장애가 있는, 게다가 시력을 잃어가는 화가 김재호의 세상을 호기심으로 감상하게 될 것이다. 물감이 어떻게 달라질지 모르고, 또 다른 것으로 생각과 세상을 담아낼 수도 있겠지만, 알 수 없지만, 그럼에도 분명한 것은 물감화가 김재호는 작품을 계속할 것이란 다짐이고 기대이다.

　나는 장애인예술의 독창성을 발견하고 이를 향유할 수 있기를 바라며 꾸준하게 작업할 생각이다.

　예술을 통해 장애인에 대한 편견과 폄훼의 태도를 수정할 수 있다면 이 얼마나 근사한 일인가.

　나는 예술의 부드러운 힘을 의지하며 개성 넘치는 몸으로, 붓으로, 열심히 그리고 상상하고, 또 그리고 상상하기로 결정한다.

김재호

한국재활복지대학 애니메이션과 졸업

2021~현재 한우리정보문화센터 삽화 작가(회사명 유베이스)
2008~현재 선사랑 작업
2005~현재 한국장애인미술협회 공식 입단 및 작업 활동
1999~현재 화사랑 작업

2022 성남시 해피유 자립센터 미술 강사 역임(해피유 자립센터)
2018~2009 소울음 작업
2016 서울문화재단 잠실창작스튜디오 제8기 입주 및 작업
2012~2008 서울장애인미술창작스튜디오 제1~5기 입주 및 작업
2006 강남중앙학원 웹애니메이션 과정 수료
2004 구로장애인직업훈련센터 웹애니메이션 수료 과정

〈수상〉
2021 서울 제8회 동대문구 미술 공모전 어반스케치상
2021 대한민국장애인미술대전 서양화 부문 특선
2019 서울시 새날 동대문 자립생활 센터장 표창장
2019 제2회 이원형어워드 수상
2018 대한민국장애인미술대전 서양화 부문 입선
2016 서울시 동대문구청장 표창장
2016 대한민국장애인미술대전 서양화 부문 특선
2016 제1회 국제장애인미술대전 서양화 부문 참가상
2016 장애인 미술가 희망축제 서양화 부문 특선
2015 대한민국장애인미술대전 서양화 부문 특선
2015 한국장애인미술협회 모범상
2014 대한민국장애인미술대전 서양화 부문 입선
2013 대한민국장애인미술대전 서양화 부문 입선
2010 대한민국장애인미술대전 서양화 부문 입선
2010 전국근로자문화제 백일장 시 부문 동상
2008 제7회 한성백제미술대전 입선
2007 송파구 주최 봄맞이 사생대회 일반 부문 우수상
2005 대한민국장애인미술대전 서양화 부문 특선
2004 전국근로자문화제 일러스트레이터 부문 입선

〈개인전〉

2022 유베이스 초대 개인전시회 '사계 나무(비발디의 사계)'전(부천 유베이스 카페 갤러리)

2020 제8회 개인전시회 '물감놀이'(서초 한우리정보문화센터 갤러리 활)

2019 제7회 개인전시회 '물감의 다변화 PART 2 흩어짐'전(서울문화재단 잠실창작스튜디오, 인사동 JH 갤러리)

2017 제6회 개인전시회 '물감의 다변화 PART 1 뭉침'전(인사동 M 갤러리)

2016 제5회 개인전시회 '세상살이'전(인사동 라메르 갤러리)

2012 제4회 개인전시회 '손짓'전(서울시 창작공간 서교예술실험센터)

2011 제3회 개인전시회 '김재호'전(인사동 JH 갤러리)

2010 제2회 개인전시회 '탄생'전(서울미술창작스튜디오)

2009 제1회 개인전시회(서울미술창작스튜디오)

〈단체전〉

2022 서울장애예술창작센터 동행전-같이 잇는 길(대학로 서울장애예술창작센터)

2022 한국장애인미술협회 열정의 결실전(울산 종합운동장)

2022 한국장애인미술협회 하모니 전시(서울 용산공원)

2022 화사랑 부스전(서울 올림픽공원)

2022 제25회 소울음-일어서는 사람들의 기록전(안양아트센터 미담갤러리)

2022 한국장애인미술협회 마음을 담다 전시(서울 대학로 이음센터)

2022 광주에이블아트워크(광주 광주비엔날레 4관)

2022 뮤지엄 서울 전시(서울 대학로 이음센터)

2022 제5회 한국장애인미술협회전(서울 시민청)

2022 한국장애인연맹 대전DPI, 제3회 국제 장다비전 전시(대전 한국조폐공사)

2022 한국장애인미술협회 아름다운 동행 전시(서울 대학로 이음센터)

2022 장애인의 날 전시(서울 노원 경춘선 숲길)

2022 한국장애인미술협회 아름다운 동행 전시(서울 대학로 이음센터)

2022 선사랑 기획전시(서울 대학로 이음센터)

2021 제24회 소울음 일어서는 사람들의 기록전(안양 온유갤러리)

2021 제4회 한국장애인미술협회전(서울 상계동 상계예술마당)

2021 제1회 한국미술협회 노원지부 한국장애인미술협회 교류전 가을을 노래하다 하모니전(서울 노원 경춘선 숲길)

2021 제1회 장애인미술작품 따뜻한 동행전(서울 대학로 이음센터, 수원법원청사)

2021 대한민국장애미술대전 전시(서울 홍익대학교 홍문관)

2021 제8회 장애인미술협회 아트페어(성서울 동구, 서울숲, 더 서울라이티움)

2021, 2021 행복한 동행전(서울 도봉구 도봉갤러리)

2021 국회+장애인문화예술주간+축제(서울 대학로 이음센터)

〈프로젝트〉

2018 날 아트엘 댄스 발표회 '21도 11분'(대학로 이음센터)

2018 날 댄스 발표회 '보이스바디'(용산국립중앙박물관)

2016 뇌병변작가회 날 댄스 발표회 '점 점 퍼지다'(대학로 이음센터)

2015 뇌병변작가회 날 댄스 발표회 '여러 가지 선'(대학로 이음센터)

2011 세계장애인의 날 3인 전시회(카자흐스탄 알마티 한국문화원)